그림자를 판 사나이

그림자를 판 사나이

열린원 세계문학

26

PETER SCHLEMIHLS
WUNDERSAME
GESCHICHTE

아델베르트 폰 샤미소   최문규 옮김

열린원

친구여,
자네가 사람들 사이에서 살고 싶다면,
무엇보다도 그림자를 중시하는 법을 배우게나.
돈은 그다음일세.
오로지 자네와 자네의 더 나은
자아를 위해서만 살고 싶다면,
오, 자네에게는 아무 충고도 필요 없네.

아델베르트 폰 샤미소에게

지금 프랑스인과 독일인이 서로 만나면

누구나 각자 고상한 용기로 격분하여

담대하게 검을 손에 쥐고

격렬한 불길 속에서 싸움이 일어난다.

그러나 숭고한 광야에서 서로 만난

우리 둘은 순수한 불길 속에서 아름답게 변용한다.

나의 신성한 친구, 나의 성실한 벗, 자네에게 축복이 있기를,

그리고 우리들을 맺어주는 것에도.

푸케[1]

---

1 프리드리히 바론 드 라 모트 푸케(Friedrich Baron de la Motte Fouqué, 1777~1843): 샤미소와 가장 친했던 낭만주의 시인. 이 소설이 발표되었던 시기에 푸케는 후기 낭만주의를 대변하는 시인으로 간주되었고, 주로 게르만 민족의 신화와 동화를 문학적 소재로 삼아서 작품을 썼다.

서문

푸케가 에두아르트에게 보내는 편지[2]

에두아르트, 이야기를 들여다보지 못하는 눈들에게 우리
는 이 가엾은 슐레밀의 이야기를 발표하지 않은 채 간직해
뒤야 하겠지. 물론 그것이 썩 좋은 책무는 아닐 거야. 이야
기를 제대로 들여다보지 못하는 사람들의 눈은 정말 많기

---

2 푸케는 샤미소의 원고를 읽고서 감탄을 금치 못했으며 그 원고를 당시 샤미소,
   푸케 등과 친구 관계를 맺고 있던 출판업자 율리우스 에두아르트 히치히에게
   보냈다. 원작자 샤미소에게 알리지 않은 채 푸케는 히치히에게 보내는 편지를
   샤미소가 히치히에게 보내는 편지 앞에 살짝 집어넣는 독창적인 기지를 발휘
   해 소설 서술 구조적 차원에서 그 재미를 증대시키고 있다.

마련이지. 그런데 구두로 표현된 말보다 몰래 간직해두기 더욱 어려울 수 있는 원고의 경우, 누가 감히 그 원고의 운명을 결정할 수 있을까. 불안한 마음에 차라리 절벽 밑으로 떨어지는 듯한 현기증을 느끼는 사람처럼 나는 그 일을 해야 할 것 같아. 그래, 나는 전체 이야기를 인쇄하도록 하겠네.

하지만 에두아르트, 이렇듯 원고를 발표하려는 내 행동에는 진지하고 나름대로 타당한 이유가 있네. 모든 정황이 나로 하여금 그렇게 만들었네. 아니, 우리 사랑스러운 독일에는 그 불쌍한 슐레밀을 이해해줄 수 있는 따뜻한 마음을 지닌 이들이 많이 있으며 또한 그들에게도 소중히 여겨질 것이네. 인생이 그를 신랄하게 놀렸을 때에나 그 자신이 스스로를 악의 없이 놀렸을 때에도, 순박한 우리 동향인의 얼굴 위에는 감동적인 미소가 흘렀을 거야. 여보게, 에두아르트, 이 유익하고 진솔한 책을 한번 살펴보고 그런 마음을 지닌 많은 이들이 우리처럼 이 책을 사랑하는 법을 배울 것이라고 생각한다면, 자네도 깊은 상처를 치유해줄 위로의 물방울이 떨어지는 듯한 느낌을 갖게 될 걸세. 죽음이 자네와 자네를 사랑하는 모든 이들에게 남겨놓은 그 상처에 말이야.

끝으로, 많은 경험을 통해 나는 그 점을 확신하고 있는데, 인쇄된 책들에는 하나의 정신이 있는 법이네. 그 정신이 책들을 올바른 손 안으로 인도하며, 항상 그렇지는 않지만 부당한 손들이 침범하지 못하도록 해주지. 하여튼 모든 순수한 정신적인 일과 마음의 일 앞에서 그 정신은 보이지 않는 커튼의 고리를 쥐고서 그릇됨이 없는 능숙한 솜씨로 그 커튼을 열고 닫는 일을 한다네.

나의 사랑스러운 친구 슐레밀, 나는 자네의 미소와 눈물을 그런 정신에 맡기려 하네. 신의 가호가 있기를!

1814년 5월 말
넨하우젠에서

푸케

샤미소가 에두아르트에게 보내는 편지

사람을 결코 잊지 않는 자네라면 페터 슐레밀을 아직도 기억하고 있을 걸세. 왜 몇 년 전쯤 자네는 내 집에서 그를 몇 번인가 보지 않았나. 다리가 긴 그 친구를 사람들은 좀 어수룩하다고 생각했을 걸세. 그도 그럴 것이 그는 왼손잡이였고 그의 굼뜸 때문에 게으르다고 여겨졌기 때문이지.

나는 그런 그를 매우 좋아했네. 에두아르트, 우리가 "푸른 시절"[3]에 서로 소네트를 지으면서 보냈던 일을 자네는 잊을 수 없을 거야. 당시 차를 마시며 문학을 논하던 모임에 나는 슐레밀을 데리고 간 적이 있었지. 한데 글이 낭독될 때까지 기다리지 못하여 그는 내가 글을 쓰는 동안 이미 잠에 빠지고 말았지. 당시 자네가 그를 두고 했던 농담을 나는 아직도 기억하고 있네. 언제 어디서인지는 모르겠지만 자네는 당시 항상 기다란 검은색 재킷을 입고 있던 슐레밀을 보고서 다음과 같이 말을 했었네. "저 녀석의 마음이 저 재킷의 반만큼이나 영원하다면 녀석은 행복한 사람이라고 볼 수 있겠지."

녀석은 자네 눈에 그리 띄지 않았지. 하지만 나는 그를 매우 좋아했네. 그런데 아주 오랫동안 소식이 끊겼던 슐레밀이 작은 노트를 보내왔고, 그것을 내가 자네에게 전달하고자 하네. 나의 가장 가깝고 다정한 친구이자, 그 어떤 비밀도 감출 수 없는, 더욱 훌륭한 나의 분신과도 같은 자네에게 말이야. 그리고 아주 자명한 일이겠지만, 자네와 마찬가지로 내 마음속 절친인 우리의 푸케에게도 전달하려고 하네.

---

3 1803~1805년까지 샤미소는 베를린에서 카를 아우구스트 파른하겐 폰 엔제, 히치히 등과 함께 겉표지가 푸른 색깔을 띤 문학작품집을 발간했는데, "푸른 시절"이란 이 시기를 말한다.

물론 시인으로서의 푸케가 아니라 친구로서의 푸케를 생각하면서 나는 이 책을 전달할 것이네.

자네도 사실 이 일이 얼마나 내게 불편한 일인지 잘 알 걸세. 어느 성실한 친구가 나의 우정과 정직성을 믿고서 내 가슴에 자신의 참회록을 안겨주었는데, 이를 시인의 작품으로 발표함으로써 세인의 조롱이 되는 것은 아닐지, 혹은 마치 형편없는 장난기의 작품—사실 전혀 그래서도, 그럴 수도 없는 일임에도 불구하고—으로 부당하게 취급될지 모르니 말일세. 물론 나 자신도 고백하지 않을 수 없는데, 즉 이야기가 어느 순박한 사람의 펜에 의해 고리타분하게 쓰여졌다는 점, 이야기가 훨씬 능숙한 작가의 손에 의해 더욱 코믹한 힘으로 쓰이지 않았다는 점, 이런 점이 슐레밀의 이야기의 아쉬운 측면이라는 것이야. 예컨대 장 파울[4] 같았으면 그런 소재를 바탕으로 대단히 근사한 이야기를 만들어냈겠지. 벗이여, 그 밖에 이 이야기에는 아직도 생존해 있는 이들이 많이 언급되어 있으니, 그 점도 각별히 유념해주게나.

이 노트가 어떻게 내게 주어졌는지에 대해 한마디만 더

---

4 장 파울(Jean Paul, 1763~1825): 독일 고전주의와 낭만주의 시대에 살았던 작가로서 모든 낭만주의 작가에게 지대한 영향을 끼쳤다. 특히 샤미소는 장 파울의 소설에 매우 심취했었다.

적겠네. 어제 아침 일어났을 때 그 노트가 내게 전해졌네. 사람들의 말로는, 낡은 검은색 외투를 입은, 축축하고 비가 내린 날씨인데도 장화 위에 슬리퍼까지 신은 기다란 흰 수염의 괴상한 남자가 내 안부를 묻고는 나를 위해 이 노트를 남기고 갔다고 하네. 자신은 베를린에서 왔다고 전하면서 말이야.

1813년 9월 27일

쿠네스도르프에서

샤미소

* P. S. 그때 막 자기 방 창가에 있던 재능 있는 레오폴트[5]가 그 기인을 스케치했는데, 그 그림을 첨부하겠네. 그림의 가치가 훌륭하다고 평가했더니 그는 선뜻 그림을 내게 선사했네.

---

5 프란츠 요제프 레오폴트(Franz Joseph Leopold, 1783~1832): 화가이자 동판 제작자였으며 샤미소의 초상화를 상당수 소유했다. 이 소설의 첫 판이 나왔을 때 겉표지를 제작해주었다.

1

나로서는 매우 힘들었던 항해를 다행히 잘 마친 후 마침
내 항구에 닿았다.[6] 작은 보트로 육지에 내리자마자 나는 작
은 보따리를 들고 북적거리는 사람들 사이를 뚫고서 간판이
걸려 있는 근처의 아주 작은 여인숙으로 들어갔다. 방 하나
를 청하자 머슴은 나를 흘깃 쳐다보고는 다락방으로 안내했
다. 냉수를 청하면서 나는 토마스 욘 씨가 어디에 살고 있는
지 물어보았다. "북문 쪽으로 가면 오른편에 나오는 첫 번째
별장입니다. 기둥이 많은, 붉은색과 하얀색의 대리석으로

---

6 페터 슐레밀이 도착한 곳은 항구도시 함부르크를 가리킨다.

새로 지은 대저택입니다." 그렇군. 아직 이른 시각이었다. 나는 즉시 작은 보따리 끈을 풀고는 우아한 검은색 양복을 꺼냈다. 가장 멋진 옷을 입고 추천장을 품에 찔러 넣으면서 욘 씨의 집을 향해 발걸음을 옮겼다. 희망이 별로 없는 내게 그는 큰 도움을 줄지도 모르리라.

길게 뻗은 노르트슈트라세[7]를 올라가 성문에 도달하자 즉각 푸른 들판을 가로지르는 여러 개의 빛나는 기둥들이 보였다. '여기구나.' 나는 손수건으로 발에 묻은 먼지를 닦아내고는 목도리를 다시 한번 어루만졌으며 신의 가호를 빌면서 주저 없이 벨을 눌렀다. 문이 열렸다. 현관에서 나는 이런저런 질문을 받았고 문지기는 나를 주인에게 보고했다. 다행히 나는 욘 씨가 사교계 사람들과 산책하고 있는 정원으로 들어갈 수 있었다. 자기만족감이 과도하게 넘쳐흐르는 모습에서 욘 씨를 즉시 알아볼 수 있었다. 마치 부자가 가엾은 사람을 대하듯 그는 나를 따뜻하게 맞이해주었고, 사교계 사람들로부터 몸을 돌리지 않은 채 나를 쳐다보면서 내가 내민 편지를 손에서 낚아챘다.

"아하, 아하! 내 동생이 보낸 편지구먼. 그 아이 소식을 들

---

7 함부르크 내의 거리 이름.

은 지도 한참 됐네! 그래, 내 동생은 잘 지내고 있소?" 대답을 들을 생각도 하지 않으면서 그는 사교계 사람들에게 몸을 향한 채 편지를 지닌 손으로 언덕을 가리켰다.

"저기에 나는 새집을 지으려고 합니다." 그는 편지를 뜯고는 지금까지 이야기를 나누었던 부(富)에 관한 대화를 이어나갔다.

"적어도 백만 마르크 정도를 갖고 있지 않은 자는—이런 말을 써서 미안합니다만—쪼잔한 놈이지요."

"그렇고 말고요" 하고 나는 복받치는 감정으로 맞장구를 쳤다. 내 말이 마음에 들었는지 그는 내게 웃음을 띠면서 말했다.

"신사 양반, 잠시 여기 계시기 바랍니다. 이따가 제 생각을 당신에게 말씀드리기로 하지요."

그는 편지를 가리키고는 그것을 즉시 안주머니에 집어넣었다. 그리고 다시 사교계 사람들에게로 몸을 돌렸다. 그는 한 젊은 여자에게 손을 내밀었으며, 다른 남자들도 아름다운 여자들을 차지하려고 애를 썼다. 서로 짝이 잘 맞았다. 그들 모두는 장미가 만발해 있는 언덕을 향해 걸어나갔다.

누구에게도 폐를 끼치지 않기 위해 나는 맨 뒤에서 걸었다. 물론 나를 신경 쓰는 사람도 없었다. 그 사교 모임은 즐거운 분위기였고, 서로 장난치며 농담을 주고받았다. 사람들은 때때로 가벼운 일을 대단한 것인 양 이야기하거나 혹은 중요한 일을 가벼운 것인 양 자주 이야기를 나눴으며, 특히 지금 이 자리에 참석하지 않은 친구들과 그들의 정황에 대해 재미있는 듯한 농담이 오고 갔다. 나는 너무 낯설어서 모든 것을 이해할 수 없었으며, 너무 걱정스러운 마음에 스스로 움츠려 있었기에 수수께끼 같은 말의 의미를 전혀 이해할 수 없었다.

장미가 만개한 숲에 도달했다. 오늘의 여주인공 아름다운 파니[8]가 화사하게 핀 장미 가지를 억지로 꺾으려 했다가 가시에 찔리고 말았다. 마치 검붉은 장미에서 나온 듯 보랏빛 피가 그녀의 부드러운 손에서 흘러내렸다. 이 사건으로 모든 이들이 동요하고 말았다. 사람들은 영국제 반창고를 찾았다. 말없고 깡마른, 수척하고 길쭉해 보이는 나이 많은 사내가 내 옆에서 걷고 있었다. 그는 이미 유행이 지난 회색 상의 안주머니에 손을 집어넣어 작은 가죽 지갑을 꺼내고 그녀에게 공손하게 허리를 굽히면서 반창고를 내밀었다. 그

---

8 이 이름은 샤미소가 1804~1805년에 가정교사로 지냈던 은행가 야콥 모제스 헤르츠의 부인 이름(파니 헤르츠)에서 따온 것으로 추측된다. 그러나 샤미소는 영어의 일반명사를 고유명사로 만드는 수법을 취하고 있는데, 영어 단어인 파니(Fanny)는 본래 '엉덩이'라는 뜻을 갖고 있다. 소설 중반에 등장하는 하인 라스칼(Rascal)의 이름도 '불량배'라는 뜻의 영어 단어에서 유래한 것으로 보인다.

에게 아무 표정도 짓지 않고 조금도 감사하는 마음을 표하지 않으면서 그녀는 반창고를 받아 상처에 붙였다. 그들은 다시금 언덕으로 발걸음을 옮겼으며, 언덕 언저리에서 공원의 푸른 미로를 넘어 저 광활한 대서양으로 뻗치는 경치를 만끽하려 했다.

정말이지 경치는 장관이었다. 검은 물결과 푸른 하늘 사이로 작은 하얀 점이 수평선에 나타났다. "망원경을 가져와!" 욘 씨가 소리쳤다. 그 명령에 여타 하인들이 움직이기도 전에 회색 옷 입은 남자가 겸손하게 절을 하고는 상의 주머니 속에 손을 집어넣더니 그 안에서 멋진 망원경을 꺼내 욘 씨에게 넘겨주었다. 욘 씨는 즉시 망원경을 눈에 대고는 어제 출항했던 배가 아마도 역풍으로 인해 항구 쪽으로 다시 돌아오고 있는 것이라고 주위 사람들에게 말해주었다. 사람들이 서로 망원경으로 보려 했기에 망원경은 원소유자의 손에 넘겨지지 않았다. 감탄하는 마음으로 나는 회색 옷 입은 남자를 쳐다보았고, 어떻게 그 커다란 망원경이 작은 주머니에서 나왔는지 알 수 없었다. 그러나 그 점을 이상하게 여긴 사람은 아무도 없었으며, 나 외에는 그 누구도 그 남자에 대해 신경 쓰지 않았다.

가벼운 다과가 제공되었다. 특히 다른 대륙에서 수입된 진기한 과일들이 아주 고급스러운 그릇에 담겨 나왔다. 욘 씨는 가벼운 인사와 함께 손님들에게 들기를 권했으며 이어서 나에게 두 번째로 말을 건넸다. "자, 들어보세요. 아마도 배를 타고 오면서 저런 것을 드시지 못했을 것입니다." 나는 허리를 굽혀 인사를 했지만 그는 쳐다보지도 않은 채 이미 다른 사람과 말을 나누고 있었다.

땅바닥이 축축하지만 않았더라면 사람들은 넓은 경치를 향해 있는 언덕 비탈 가의 풀밭 위에 앉아 잠시 쉬고 싶었을 것이다. 그때 모임에 참석한 누군가가 "터키산 양탄자를 여기에 펼쳐놓으면 정말 좋을 텐데" 하고 말했다. 그러한 소망이 언급되자마자 회색 옷 입은 남자는 손을 주머니에 넣고는 겸손하고 공손한 몸짓으로 매우 귀해 보이는 금테 두른 터키산 양탄자를 꺼냈다. 다른 하인들은 마치 그래야만 하는 것처럼 그 양탄자를 다른 한쪽에서 받아 들고는 원하는 장소에 넓게 펼쳤다. 모임에 참석한 이들은 모두 자연스럽게 앉았다. 나는 너무 놀란 나머지 그 남자와 주머니, 그리고 양탄자를 쳐다보았다. 그 양탄자는 20자 정도의 길이에 10자 정도의 넓이를 가진 커다란 물건이었는데, 나는 도무지 믿을 수 없어 눈을 비벼댔다. 더욱이 아무도 그 광경을 기이하게 여기지 않았던 것이다.

저 남자에 대해 알고 싶었기에 그가 누군지 묻고자 했지만 누구에게 물어보아야 할지를 몰랐다. 왜냐하면 나는 하인들의 시중을 받고 있는 욘 씨보다는 욘 씨의 하인들을 두려워했기 때문이었다. 마침내 용기를 내어 다른 이들보다 낮은 위치에 있는, 종종 혼자 있었던 젊은 하인에게로 걸어갔다. 나는 그에게 저 회색 옷 입은 기이한 사람이 누구인지 살며시 물어보았다.

"저기 저 사람 말인가요? 재단사의 바늘에서 풀려나온 명주실 끄트머리처럼 생긴 사람 말인가요?"

"예, 저기 혼자 서 있는 사람 말입니다."

"저도 잘 모르겠어요." 그는 나와 오랫동안 이야기하는 것을 피하려 하는 듯 보였고, 이내 몸을 돌리고는 다른 사람들과 함께 사소한 것들에 관해 이야기를 나누었다.

태양이 더 강렬하게 빛나기 시작했고, 여자들은 힘들어했다. 아름다운 파니는 가벼운 마음으로 회색 옷 입은 남자에게 "혹시 천막도 갖고 있어요?"라고 물어봤다. 내가 알고 있기로는 그는 지금껏 그 누구와도 이야기를 나누지 않고 있었다. 마치 매우 황송하기 이를 데 없다는 듯 그는 공손하게 절을 함으로써 대답을 대신했고, 이미 손을 자신의 주머니에 집어넣었다. 그 주머니에서는 천, 막대, 끈, 쇠연장 등 멋진 야외용 천막을 치는 데 필요한 모든 물건이 쏟아져 나왔다. 젊은 남자들이 천막 치는 일을 도와주었고, 천막은 땅에 깔려 있는 양탄자를 완전히 덮을 정도로 넓게 세워졌다. 아무도 이상하게 여기지 않았다.

나는 이미 무서운 기분이 들었고 정말이지 온몸에 소름이 끼쳤다. 특히 다음번 소망이 언급되자마자 그가 자신의 주머니에서 세 필의 경주말—이건 정말이다—즉 안장과 마구를 갖춘 아름답고 커다란 검은 털빛의 세 마리 말을—제발 생각해보기 바란다—그야말로 제대로 안장을 갖춘 세마리 말을 주머니에서 꺼냈을 때 나는 정말 무서웠다. 이미가죽 지갑, 망원경, 20자 길이에 10자 폭의 넓은 양탄자, 그리고 그 양탄자와 거의 같은 크기의 천막 및 그에 필요한 막대기며 쇠 등이 그 주머니에서 나오지 않았던가. 내가 그것을 내 눈으로 분명히 보았음을 맹세하지 않았더라면, 자네는 아마 그 사실을 믿지 않았을 것이다.

그 남자는 조심스럽고 공손하게 굴었고 다른 사람들 또한 그에게 전혀 신경 쓰지 않았지만, 나로서는 그의 모습을 결코 외면할 수 없었고 그의 모습 자체가 내게 무시무시한 기분을 일으켰다. 나는 더 이상 그의 모습을 견딜 수 없었다.

나는 그 사교 모임에서 빠져나오기로 결심했다. 무의미한 역할을 맡고 있었기에 거기서 빠져나오는 일은 그리 어렵지 않았다. 일단 도시로 다시 돌아가고, 내일 아침 욘 씨를 뵙고 나의 행운을 다시 얻고자 했다. 또한 그럴 만한 용기가 있다면 내일 저 기이한 회색 옷 입은 남자에 관해 욘 씨에게 물어보고 싶었다. 하여튼 빠져나온 것만 해도 다행이었다!

　나는 다행히 장미 숲을 통해 언덕 아래로 슬며시 나왔고 이미 탁 트인 잔디밭에 나와 있었다. 길옆으로 잔디밭을 지나면서 나는 누군가에게 들키지 않을까 하는 공포심으로 주변을 살펴보았다. 그때 나는 회색 옷 입은 남자가 바로 내 뒤를 쫓아오고 있는 것을 보고 상당히 놀랐다. 그는 즉시 내 앞에서 모자를 벗고는 머리 숙여 공손히 인사를 했다. 나는 지금까지 그런 인사를 받아본 적이 없었다. 정말이지 의심할 나위 없었다. 그는 내게 말을 건네고 싶어 했고, 나는 퉁명스럽지 않게 그렇게 하도록 했다. 나도 모자를 벗고는 마찬가지로 허리를 굽혔고, 땅에 박힌 듯 미동 없이 모자를 벗은 상태로 햇볕을 받은 채 서 있었다. 두려움이 가득한 마음으로 나는 마치 뱀에 쫓긴 한 마리의 새처럼 그를 말없이 쳐다보았다. 그 또한 매우 당황스러운 듯이 보였다. 그는 위로 올려다보지 못하고 여러 번 머리를 숙이고 가까이 다가와서는 살며시 불안한 목소리로 내게 말을 건넸다. 그것은 마치 구걸하는 거지의 목소리와도 같았다.

　"아무 면식도 없는데 이런 식으로 댁을 뵙고자 한 저의 무례함을 용서해주시기 바랍니다. 사실은 한 가지 부탁이 있는데, 부디 제발 허락해주셨으면 합니다."

　"제발 이러지 마십시오!" 나는 불안한 마음으로 말을 쏟았다. "저 같은 놈이 감히 무엇을 도와드릴 수 있을지요."

우리 둘은 서로 눈이 마주쳤고 둘 다 얼굴이 붉어졌다.

잠시 침묵이 흐른 후 그는 다시 말을 건넸다.

"저는 운 좋게도 아주 짧은 시간 동안 당신 옆에서 거닐 수 있었는데, 저는 몇 번씩이나—감히 이런 말을 드려도 괜찮을지 모르겠지만—정말 형용키 어려운 감탄하는 마음으로 당신의 아름다운, 너무나 아름다운 그림자를 관찰할 수 있었습니다. 당신 스스로는 그 점을 알고 계시지 못하겠지만, 빛나는 태양 아래서 당신은 고상하고 당당한 마음으로 아주 멋진 그림자를 자신의 발밑에 드리우고 계십니다. 제가 주제넘은 추측을 했다면 용서해주시기 바랍니다. 혹시 저에게 당신의 그림자를 넘겨주실 의향은 없으신지요?"

그러면서 그는 입을 다물었다. 순간 머릿속에 마치 물레바퀴가 돌아가는 듯한 기분이 들었다. 내게서 그림자를 사고 싶다는 이 기이한 부탁에 대해 나는 어떻게 해야 좋을까? 그는 분명 미친 게 틀림없다는 생각이 들었으며, 그의 공손한 자세에 어울리는 변화된 목소리로 나는 대답했다.

"여보시오, 이 양반아. 당신은 자신의 그림자로 만족하지 못하시는가? 그래서 내게 괴상망측한 거래를 제시하는 건가?"

그는 즉시 다시 대답했다.

"저는 주머니 안에 많은 것을 갖고 있습니다. 그것이 당신에게 전혀 가치 없는 것은 아닐 것이라고 생각합니다. 물론 당신의 소중한 그림자에 대해 제가 아무리 높은 가격을 치르더라도 부족하겠지만요."

이제 나는 다시 소름 끼치는 기분이 들었다. 왜냐하면 그 주머니가 생각났기 때문이었다. 내가 어째서 그를 보고서 "이 양반아"라고 칭할 수 있었는지 도무지 알 수 없었다. 나는 다시금 말을 가다듬고는 가능한 한 매우 정중한 자세로 분위기를 전환시키려 했다.

"제발 저의 무례를 용서하십시오. 그러나 저는 도저히 당신의 생각을 이해할 수 없습니다. 제가 어떻게 제 그림자를……."

그는 내 말을 가로막으면서 말했다.

"제가 이 자리에서 즉시 당신의 고귀한 그림자를 들어 올려서 제 안에 집어넣을 수 있도록 허락만 해주시면 됩니다. 그것을 어떻게 할 수 있는지는 제 일입니다. 그러면 그 대가로, 감사를 표현하는 의미에서 저는 당신께 이 주머니 안에 갖고 있는 온갖 잡동사니 물건 중 하나를 선택하시도록 해드리겠습니다. 여기 보물 상자를 여는 데 필요한 진짜 마법의 뿌리[9]와 만드라고라 뿌리[10]도 있지요. 동으로 만든 마법

---

9 보물 상자의 자물쇠나 잠겨 있는 성문 등을 열어주는 마법의 열쇠.
10 비슷한 마력을 지닌 가지과 식물.

의 동전[11], 마법의 은화[12], 롤랑 크나펜의 수건[13], 병 속의 악동[14] 등도 있습니다. 아니, 그런 것들은 당신에게 하찮은 것일 수도 있겠습니다. 더 좋은 물건이 있습니다. 소원을 들어주는 행운의 모자는 어떠신지요, 새것인데 지니고 다닐 수 있도록 막 수선을 끝냈습니다. 아니, 그것보다 옛날에 유명했던 본래 그대로의 행운의 자루[15]도 있습니다."

"행운의 자루!"나는 그의 말을 가로챘다. 내 마음은 극도로 불안했지만 그는 단 한마디로 나의 마음을 사로잡았다. 나는 현기증을 느꼈고, 마치 두 개의 금화가 내 눈앞에서 번쩍거리는 듯이 보였다.

"송구스럽지만 그 자루를 한번 살펴보시고 시험해보시기 바랍니다." 그는 손을 주머니에 넣더니 스페인 코드도바산 가죽으로 만들어진, 비교적 견고하게 바느질이 잘되어 있고 두 개의 쓸모 있는 가죽끈으로 묶여 있는 커다란 자루를 끄

---

11 매번 뒤집을 때마다 돈을 만들어내는 신기한 동전.
12 항상 주인에게로 되돌아가는 동전으로, 그 동전과 부딪히는 모든 동전을 주인에게 가져다준다.
13 사람이 원하는 모든 요리를 만들어내는 신기한 식탁보.
14 병 속에 들어 있는 이 악동은 주인이 원하는 모든 일을 해준다.
15 1509년에 나온 『포르투나투스』라는 독일 민속집에 의하면, 행운의 여신 덕에 주인공은 금을 무한하게 만들어내는 자루와 모습을 감추어주는 투명 모자를 갖게 되어 성공을 거둔다.

집어냈다. 그 안에서 그는 우선 열 개의 금화를 꺼내더니 다시 열 개, 다시 열 개, 또다시 열 개를 꺼냈다. 나는 얼른 그의 손을 잡았다.

"좋습니다! 거래하십시다. 내 그림자를 가져가시고 그 주머니를 주세요."

그는 악수를 하고는 지체 없이 내 앞에 무릎을 꿇고 앉았다. 나는 그가 놀라운 솜씨로 머리에서 발끝까지 내 그림자를 풀밭에서 살짝 거둬들여 둘둘 말아 접어 몸 안에 집어넣는 것을 보았다. 다시 일어서서 그는 내게 공손히 인사를 건네고는 장미 숲을 향해 되돌아갔다. 그가 나직이 내뱉은 웃음소리를 나는 들었다. 그러나 나는 행운의 자루 끈을 꼭 쥐었다. 내 주변에는 햇빛이 빛나고 있었고, 나는 제정신을 잃었다.

2

마침내 정신을 차리자 나는 아무것도 할 수 없는 이곳을 서둘러 떠나고자 했다. 나는 옷 주머니에 금화를 가득 집어 넣었다. 그러고 나서 행운의 자루 끈을 목에 걸고 그것을 가슴 안에 숨겼다. 아무도 눈치채지 않게 공원에서 나와 거리로 왔고, 거기서 도시 쪽의 길을 향해 갔다. 생각에 잠긴 채 성문으로 가는 도중 뒤에서 나를 향해 외치는 소리가 들렸다.

"여보시오, 젊은 양반! 젊은 양반! 잠깐만!"

주위를 돌아보았더니 나이 많은 아낙네가 나를 향해 외치고 있었다.

"여보시오, 젊은 양반, 당신은 그림자를 잃어버렸군요."

"고맙습니다, 아주머니!" 나는 그녀의 좋은 충고에 대해 금화 하나를 던져주었고, 곧 나무 아래로 걸어갔다.

성문에 도착했을 때 나는 다시금 어느 문지기의 목소리를 들었다.

"아니, 당신은 그림자를 어디다 두고 오셨소?"

마찬가지로 몇 명의 아낙네의 목소리도 들렸다.

"하느님 맙소사! 저 불쌍한 인간에겐 그림자가 없네!"

그 말을 듣자 몹시 역겨운 기분이 들기 시작했다. 나는 태양 아래에서 걸어다니는 것을 조심스럽게 피했다. 그러나 태양을 받지 않고 다닐 수 있는 곳은 아무 데도 없었다. 우선 당장 브라이테가[16]를 가로질러 갈 수밖에 없었다. 재수 없게도 아이들이 학교 수업을 마치고 나오는 시간이었다. 그때 아주 등이 굽은 장난꾸러기 녀석이―나는 녀석을 아직도 기억하는데―내가 그림자를 갖고 있지 않은 사실을 즉각 알아차렸다. 녀석은 큰 소리로 헐뜯기 좋아하는 도시 주변의 사람들에게 나를 알렸으며, 그들은 즉각 나를 비난하고 혹평하기 시작했다.[17]

---

16 함부르크에 있는 거리 이름.
17 작가들의 작품을 신랄하게 논평했던 '푸른 문학 연감(Grüner Musenalmanach, 1804~1806)'을 암시한다.

"성실한 사람은 태양 아래에서 걸어가면서 자신의 그림자를 잘 간직하는 법이지."

그들을 피하기 위해서 나는 한 줌의 금화를 내던졌고, 동정심 많은 이들이 구해준 임대 마차에 얼른 올라탔다.

달리는 마차 속에 혼자 있으면서 나는 쓰디쓴 눈물을 흘렸다. 내 마음에는 벌써 어떤 예감이 싹트고 있었다. 이 세상에서 업적과 덕성보다 돈이 훨씬 중요할지라도 실은 그림자야말로 그런 돈보다도 훨씬 더 귀중한 것임을 알게 되었다. 이전에는 내 양심에 모든 재산을 바쳤지만, 그런데 지금의 나는 단지 돈 때문에 그림자를 바치고 말았구나. 이제 이 지상에서 나는 어떤 사람이 될 수 있고 어떤 사람이 될 것인가!

처음에 들어갔던 여관집에 마차가 도착했을 때 나는 몹시 당혹스러웠다. 저 더러운 다락방으로 들어가야만 한다는 생각에 놀랐다. 내 짐을 가져오도록 하고 모멸적인 마음으로 초라한 꾸러미를 받아 들고는 몇 푼의 동전을 주었고, 바로 최고급 호텔로 가도록 명령했다. 그 호텔은 북쪽 방향에 있었고, 나는 태양을 더 이상 걱정할 필요가 없었다. 마부에게 돈을 주면서 가장 비싼 호텔 방을 예약하도록 했고, 가능한 한 문을 잠근 상태로 숨어 지냈다.

내가 무엇을 해야 한다고 생각하나? 여보게, 친구 샤미소, 자네에게 이러한 일을 고백하는 것조차도 창피해서 얼굴이 달아오를 지경이네. 나는 가슴 안쪽에서 그 불행한 자루를 꺼내어 마치 타오르는 불길처럼 저절로 치밀어 오르는 분노감에 금화를 계속 수없이 끄집어냈다. 돈, 돈, 돈. 나는 돈을 방바닥에 뿌리고는 쨍그랑 소리를 내는 동전 위를 걸어다녔다. 그 금화의 빛나는 색깔과 소리로 초라한 마음을 즐겁게 달래보려는 듯 계속 더 금화들을 건드렸다. 마침내 너무 피곤하여 금화가 가득 쌓인 잠자리에 누웠고, 도취된 채 금화들을 뒤집기도 하고 그 위에서 구르기도 했다. 그렇게 낮과 밤이 흘렀다. 방문을 열지 않은 채 밤새도록 나는 금화 위에 그냥 누워 있었고 이어서 너무 피곤한 나머지 잠들고 말았다.

그때 나는 자네에 대한 꿈을 꿨네. 꿈속에서 나는 마치 자네의 작은 방 유리문 뒤에 서 있는 듯했고, 해골과 한 다발의 말린 꽃 사이에 놓인 책상 위에 자네가 앉아 있는 듯했지. 자네 앞에는 할러[18], 훔볼트[19], 리네[20]의 책이 펼쳐져 있었고,

---

18 알브레히트폰할러(Albrecht von Haller, 1708~1777): 스위스 출신의 의사이자 시인, 식물학자.
19 알렉산더 폰 훔볼트(Alexander von Humboldt, 1769~1859): 자연과학자. 훔볼트는 1799~1804년 동안 혼자서 중남미를 탐험한 학자로 유명하다. 샤미소는 개인적으로 훔볼트를 알고 지냈다. 이 소설 후반에 슐레밀이 자연과학자로 세계 곳곳을 여행하는 장면도 훔볼트의 영향을 받은 것으로 추측된다.
20 카를 폰 리네(Carl von Linné, 1707~1778): 스웨덴의 자연과학자, 의사, 식물학자.

소파 위에는 한 권의 괴테 책과 푸케의 소설 『마법의 반지』[21]가 있었네. 나는 자네를 오랫동안 바라봤네. 자네 방 안에 있는 모든 물건을 보았고, 그리고 다시 자네를 바라봤지. 자네는 전혀 움직이지 않았고 숨소리도 내지 않았지. 자네는 죽어 있었던 거야.

나는 잠에서 깨어났다. 아주 이른 아침인 듯했고 시계가 놓여 있었다. 나는 완전히 녹초가 된 듯했고 목이 마르고 배가 고팠다. 생각해보니 어제 아침 이후 아무것도 먹질 못했다. 불쾌감과 넌더리가 나서 내 앞에 놓인 금화들을 치워버렸다. 바로 좀 전까지만 해도 바보 같은 마음으로 실컷 즐겼던 저 금화들을. 너무 불쾌한 나머지 내가 무엇을 해야 좋을지 전혀 알 수 없었다. 그렇지만 이렇게 있을 수는 없지 않은가. 나는 자루가 돈을 다시 집어삼킬 수 있는지 시험해봤다. 전혀 불가능했다. 창문은 모두 닫혀 있었기에 바닷가는 보이지 않았다. 어쩔 수 없이 힘들게 모아들인 금화를 쉰 땀 냄새를 풍기며 골방 안에 있는 커다란 장롱가로 가져갔고, 그 안에 잘 쌓아두었다. 나는 몇 줌의 돈만을 그대로 놔두었다. 일을 끝낸 후 녹초가 된 상태로 흔들의자에 앉았고 사람

---

21 1813년에 출간된 푸케의 소설.

들이 호텔 내에서 북적대기를 기다렸다. 사람들이 나다니자마자 나는 음식을 주문했고 호텔 주인을 불렀다.

방을 어떻게 꾸밀지에 관해 나는 그 남자와 의논했다. 그는 옆에서 시중을 잘 들 수 있는 벤델이라는 자를 추천해주었다.[22] 충직해 보이고 사려 깊은 그의 얼굴 표정이 내 마음에 들었다. 그는 상당히 충직한 사람이었고, 추후 비참한 삶을 살아나가야만 하는 나를 항상 위로해주면서 따라다녔다. 그랬기 때문에 나는 암울한 운명을 짊어지고서도 살아갈 수 있었다. 하루 종일 방 안에서 하인들, 구두 수선공, 재단사, 상인 등을 불러들였고, 몸을 꾸미기 위해 귀한 물건과 보석을 샀다. 어떤 물건의 경우 비교적 많은 돈이 들었다. 그렇지만 쌓아둔 돈이 전혀 감소하는 듯 보이지는 않았다.

나는 매우 불안한 의심의 상태에서 헤맸다. 문밖으로 한 발자국도 나가질 못했고, 저녁때 어두운 곳에서 나갈 경우 홀 안에 마흔 개의 촛불을 켜놓도록 했다. 두려운 마음으로 학생들을 만났던 그 무시무시한 장면을 떠올렸다. 상당한 용기가 필요했지만 나는 다시 한번 일반 사람들이 어떻게 생각하는지를 알아보려 했다. 달이 떠올라 있었기에 밤은

---

22 작가 샤미소 집의 실제 하인 이름도 벤델이었다고 한다.

매우 밝았다. 저녁 늦게 나는 커다란 외투를 걸치고 모자를 눈가까지 깊게 눌러쓴 후 범죄자처럼 조심스럽게 집 밖으로 나갔다. 지금껏 나를 보호해주고 있었던 집들의 그림자에서 나와 외떨어진 광장의 달빛을 받으면서 걸어나갔다. 지나가는 이들의 입에서 튀어나오는 나의 운명을 들어보기로 결심하면서.

친구여, 내가 견뎌야만 했던 그 모든 일의 고통스러운 반복을 더 이상 늘어놓진 않겠다. 나는 아낙네들로부터 아주 깊은 동정심을 얻었지만, 젊은이들의 조소, 남자들의 거만한 경멸감, 특히 넓은 그림자를 가진 뚱뚱하고 비대하게 살찐 이들의 경멸감에 못지않게 그들의 말투가 내 마음에 깊은 상처를 남겼다. 부모를 따라 얌전히 자신의 발밑을 보면서 걷고 있던 어느 아름답고 귀여운 소녀가 우연히 내게 초롱초롱한 눈동자를 던졌다. 그녀는 그림자를 갖고 있지 않은 내 모습을 보고는 매우 놀라워하고는, 아름다운 자신의 얼굴을 베일로 감싸더니 머리를 숙이면서 소리 없이 지나가 버렸다.

나는 그것을 더 이상 견딜 수가 없었다. 내 눈에선 눈물이 쏟아져 내렸고, 갈기갈기 찢겨진 마음으로 비틀거리면서 어둠 속으로 되돌아갔다. 나는 많은 집들의 그림자에 의존했는데, 그래야만 내 발걸음을 확실하게 옮길 수 있었기 때문이었다. 마침내 느지막이 호텔에 도착했다.

잠이 오지 않아 나는 뜬눈으로 밤을 지냈다. 다음 날 제일 먼저 떠오른 걱정거리는 그 회색 옷 입은 남자를 찾아야겠다는 생각이었다. 그를 다시 찾을 수 있을 것이라고 믿었다. 나뿐만 아니라 그 또한 그 터무니없는 거래에 대해 후회를 하고 있으면 얼마나 다행일까! 나는 벤델을 불렀다. 그는 능숙함과 노련함을 지닌 듯했다. 벤델에게 그 남자를 묘사해주면서 나는 그가 매우 귀중한 보물을 갖고 있으며 그것 없이는 내 인생이 고통일 것이라고 말해주었다. 그를 보았던 시간과 장소를 말해주었다. 그리고 거기에 참석해 있던 모든 사람을 묘사해주었고, 또한 돌롱식 망원경, 금테두리를 두른 터키산 양탄자, 화려한 야외 천막, 그리고 검은색 말 등을 설명해주었다. 그런 것들이 물론 결정적인 단서는 아니었지만 그 수수께끼 같은 남자의 배경과 연관성이 있을 것이라고, 그리고 당시 모든 사람들이 그 남자에 대해 관심을 두고 있지는 않았더라도 그의 출현으로 인해 내 삶의 행복과 평온함이 완전히 파괴되었다고 일러주었다.

그렇게 적당히 말을 꺼낸 후 나는 들 수 있는 만큼의 금화가 가득 담긴 상자를 꺼내왔고, 또한 그 일의 중요성을 일깨우기 위해 보석과 귀금속을 첨부하였다. 나는 말했다.

"벤델, 이것을 가져가면 여러 방책이 있을 것이고, 불가능해 보이는 많은 일을 훨씬 용이하게 할 수 있을 것이네. 부디 인색하게 굴지 말고 나가서 좋은 소식을 갖고 와서 나를 기쁘게 해주게나. 내 모든 희망은 그 소식에 달려 있네."

그는 밖으로 나갔다. 그리고 느지막이 슬픈 얼굴로 돌아왔다. 그는 파티에 참석했던 모든 이들과 이야기를 나눴지만 욘 씨의 하인들 중 그 누구도, 그리고 손님들 중 그 누구도 회색 옷 입은 남자를 알지 못했으며 단지 어렴풋이 기억만 난다고 했다. 그 최신형 망원경은 그대로 거기에 있었지만 그 누구도 그 망원경이 어디서 왔는지 알지 못했고, 양탄자와 천막도 바로 그 언덕 위에 넓게 펼쳐 세워져 있었지만, 하인들은 주인의 재산만 감탄했을 뿐 그 누구도 주인이 그 귀중한 물건들을 언제부터 갖고 있었는지 알지 못한다고 했다. 또한 욘 씨 자신도 그 물건들에 만족하고 있을 뿐 어디서 그러한 물건을 얻었는지를 알지 못한다고 했다. 말을 탔던 젊은 신사들은 아직 그 말을 자신들의 마구간에 두고 있었지만, 그들은 그날 이후 그 말을 선사한 욘 씨의 넓은 아량만을 칭찬하고 있다고 했다. 벤델이 전해주는 상세한 이야기를 통해 여러 가지 점이 분명해졌고, 비록 아무런 성공적인 결과를 가져오지 못했지만 그의 신속한 일 처리와 사려 깊은 행동은 내 칭찬을 얻을 만했다. 암담한 기분으로 그에게 혼자 있게 해달라고 손짓했다.

"그런데," 하고 그는 다시 말하기 시작했다. "주인님께 매우 중요한 일에 관하여 보고드리겠습니다. 오늘 아침 일찍 누군가가 제게 맡긴 일에 대한 보고가 아직 남아 있습니다. 물론 제가 성공을 거두진 못했지만, 주인님이 시키신 일을 착수하기 위해 막 외출하고자 했을 때 어떤 사람을 문 앞에서 만났습니다. 그 남자가 남긴 말은 다음과 같았습니다. '페터 슐레밀 씨에게 축복이 있기를 바랍니다. 제가 바다로 나가기 때문에 슐레밀 씨는 저를 이곳에서 더 이상 만날 수 없을 것입니다. 항해하기에 좋은 바람이 불기에 저는 항구로 가고자 합니다. 그렇지만 몇 년 몇 날이 지나면 저는 당신의 주인을 다시 방문할 것이며, 그때 아마도 슐레밀 씨에게 득이 되는 다른 거래를 제안할 예정입니다. 제가 그분께 작별인사를 올리며 감사를 드린다는 제 마음을 전해주십시오.' 저는 그가 누구인지 물어봤는데, 그는 '주인님이 자신을 잘 알고 계실 것'이라고 말하더군요."

"그가 어떻게 생겼지?"라고 나는 어떤 예감을 느끼며 소리쳤다. 벤델은 내게 회색 옷 입은 남자를 그 모양 그대로 상세하게 묘사해주었다. 자신이 묻고 다녔던 그 남자의 바로 그 이전 모습을 상세히 언급하면서……

"이 한심한 사람아" 하고 나는 손을 움츠리며 소리쳤다. "녀석이 바로 그 남자야!"

그는 그제야 뭔가 깨닫는 것처럼 보였다.

"아, 그가 바로 그 사람이었군요. 그 남자였군요" 하고 놀라면서 외쳤다. "이 멍청하고 한심한 제가 그 사람을 알아차리지 못했습니다. 저 자신이 그 사람을 알아내지 못하고 결국 주인님의 명령을 거역한 셈이 되고 말았습니다."

그는 엉엉 울면서 자기 자신을 거세게 비난했다. 그가 너무나도 절망했기에 동정심이 솟구쳤다. 나는 괜찮다고 말하면서 그를 재차 안심시켰다. 그의 충성심을 결코 의심하지 않았으며, 가능한 한 그 기인(畸人)의 흔적을 추적해보라고 그를 다시금 항구로 보냈다. 그러나 그동안 역풍에 의해 항구에 묶여 있던 배들이 모두 오늘 아침 출항했으며 어떤 배들은 다른 세계의 지역으로, 어떤 배들은 다른 해변으로 나갔다고 했다. 회색 옷 입은 남자는 그림자처럼 흔적 없이 사라졌다.

3

쇠사슬로 단단히 묶여 있는 이에게 날개가 무슨 소용이 있을까? 아마도 그는 더욱 끔찍하게 자포자기할 것이리라. 보물을 지키는 파프너[23]처럼 나는 그 어떤 인간적 위로 없이, 금화에 묻혀서도 초라하게 지냈다. 금화 때문에 모든 삶에서 단절되고 말았다는 생각에 나는 금화를 좋아하기는커녕 오히려 저주했다. 그런 어두운 비밀을 나 자신 속에만 품으면서 나는 많은 하인들 중 가장 비천한 하인 앞에서도 두려워했고 동시에 그런 녀석까지도 부러워했다. 왜냐하면 가장

---

23 독일 신화에 나오는 용의 이름. 니벨룽겐의 보물을 지키는 그 용은 영웅 지그프리트에 의해 살해된다.

비천한 하인도 그림자를 갖고 있었고 태양 아래에서 자신을 당당히 드러낼 수 있었기 때문이었다. 나는 밤낮으로 고독하게 내 방 안에 칩거했으며 가슴은 증오심으로 가득 찼다.

내 눈앞에서 몹시 걱정스럽게 지낸 또 한 사람이 있었다. 바로 충실한 벤델이었다. 그는 자신이 자비로운 주인의 신임을 배신했다는 자책감, 자신이 찾아 나섰던 그자를 인식하지 못했다는 자책감에 계속 시달리고 있었다. 벤델은 그자와 나의 운명이 매우 밀접하게 얽혀 있다고 생각하고 있었다. 그러나 벤델의 죄를 물을 수는 없었다. 이번 사건에서 나는 그 정체 불명한 자의 동화 같은 특성만을 발견했다.

물론 아무것도 시도하지 않은 것은 아니었다. 언젠가 나는 매우 귀한 빛나는 반지를 벤델에게 주면서 그를 도시의 가장 유명한 화가에게로 보냈다. 그가 나를 방문하도록 그를 초대했다. 화가가 도착했을 때 나는 하인들을 내보내고 방문을 잠그고는 그에게 다가가 앉았다. 그의 예술을 치켜세운 다음 나는 심란한 마음으로 본론으로 들어갔다. 물론 사전에 그에게 비밀을 엄격하게 지켜달라고 부탁했다.

"선생님," 하고 나는 말을 꺼냈다. "혹시 매우 불행하게도 이 세계에서 그림자를 잃어버린 사람에게 거짓 그림자를 그려주실 수 있는지요?

"그러니까 투사된 그림자를 말씀하시는 것인지요?"

"예, 바로 그것입니다."

"그러나," 하고 그는 나에게 물었다. "어떤 서투른 행동 때문에, 어떤 부주의 때문에 그분은 자신의 그림자를 분실했는지요?"

나는 대답했다.

"그런 일이 어찌 발생했는지는 중요하지 않을지도 모릅니다. 아니 중요할 수도 있겠군요."

나는 그에게 다음과 같이 거짓 대답을 했다.

"지난번 겨울에 그는 러시아로 여행을 했습니다. 그런데 너무 엄청난 추위로 인해 그의 온몸이 얼었습니다. 그의 그림자는 다시 그에게로 돌아올 수 없을 정도로 바닥에 얼어붙어버렸지요."

그는 대답했다.

"제가 그에게 그려줄 수 있는 투사된 거짓 그림자는 가벼운 움직임으로 인해 다시 잃어버릴 수 있습니다. 게다가 당신의 이야기에서 읽을 수 있는 것처럼, 자신의 타고난 그림자를 갖고 있지 못한 사람은, 요컨대 그림자가 없는 사람은, 태양 아래에서 걸어다니지 말아야 합니다. 그것이 가장 이성적이며 확실한 방법이지요."

그는 일어서서 나를 뚫어지게 쳐다보더니 가버렸다. 그 눈빛은 정말이지 견디기 어려운 눈빛이었다. 나는 안락의자 뒤에 주저앉았고 얼굴을 손으로 감싸고 말았다.

　벤델이 들어오면서 그런 나의 모습을 발견했다. 그는 주인의 고통을 보자 말없이 예우를 갖추면서 물러나려고 했다. 나는 그를 쳐다보았다. 고통의 압박에 시달린 나는 그 점을 알려야만 했다. "벤델" 하고 나는 그에게 외쳤다.

　"벤델! 자네는 내 근심을 보고 경의를 표시한 유일한 사람이야. 그 걱정거리가 무엇인지 알려 하지 않고 오히려 조용히 경건한 마음으로 함께 느끼고자 하는 유일한 사람이군. 내게로 오게, 벤델. 그리고 내 마음의 가장 가까운 사람이 되어주시게. 내가 가진 금은보화를 자네 앞에서 숨기지 않겠네. 마찬가지로 자네 앞에서 내 비탄의 재화도 숨기지 않겠네. 벤델, 나를 버리지 말게나. 벤델, 자네는 내가 부자이고 자비롭고 선하다고 생각하지. 자네는 세상 사람으로부터 내가 칭찬을 받고 있다고 생각하고 있겠지. 그런데 자네는 내가 세상을 저주하고 세상 앞에서 나를 감추려 하고 있는 모습을 보고 있을 거야. 벤델, 세상은 나를 처벌하고 추방할 걸세. 아마도 나의 무서운 비밀을 알게 된다면 자네도 나를 떠나갈 것일세. 벤델, 나는 부유하고 자비롭고 선하지만, 그러나 아, 아, 내겐 그림자가 없다네!"

　"그림자가 없다고요?" 그 착한 젊은이는 놀라면서 외쳤다. 그의 눈에서는 맑은 눈물이 쏟아져 내렸다.

"그림자 없는 주인에게 봉사하도록 제가 태어났다니, 슬픈 일입니다!" 그는 침묵했고, 나는 내 얼굴을 손으로 감쌌다.

"벤델," 하고 나는 뒤늦게 떨면서 덧붙였다. "자네는 내 신임을 얻고 있지만 이제 그것을 누설할 수 있네. 가서 나를 비난하게나."

그는 자신과 힘겨운 싸움을 하는 듯이 보였고, 마침내 내 앞에 주저앉더니 손을 잡았다. 그의 눈물이 내 손을 적셨다.

"아닙니다" 하고 그는 외쳤다. "세상이 어떻게 생각하든 저는 그림자 때문에 저의 자비로운 주인님 곁을 떠날 수 없으며 떠나지도 않으렵니다. 영리하지는 않지만 성실하게 행동할 것입니다. 주인님 곁에 머물면서 주인님께 제 그림자를 빌려드리겠습니다. 제가 어디에 있든지 주인님을 도와드릴 것이며 주인님과 함께 울겠습니다."

나는 예기치 않은 그런 지조에 놀라워하면서 그의 목을 감싸안았다. 돈 때문에 그런 것이 아님을 그에게서 확신했기 때문이었다.

이후 모든 일에서 나의 운명과 생활 방식은 변하기 시작했다. 벤델이 내 약점을 얼마나 세심하게 보완해주었는지는 정말이지 말로 형용할 수 없을 정도였다. 어디를 다닐 때나 그는 내 앞에서 혹은 나와 함께 있었고 모든 것을 예견하고 대비했다. 위험이 예기치 않게 일어날 때면 그는 즉시 자신의 그림자로 나를 덮어주었다. 다행스럽게도 그의 키와 몸집은 나보다 컸다. 그래서 나는 다시금 사람들 사이에 섞이게 되었고 세상 속에서 부자 역할을 수행할 수 있었다. 나는 부자들에게 어울리는 괴팍한 행위와 기분 내키는 일을 짐짓 꾸며내야만 했다. 진실이 드러나지 않는 동안 나는 돈이 가져다주는 모든 명예와 존경심을 누렸다. 그러는 가운데 수년 수일로 기약된 그 수수께끼 같은 남자의 방문을 내심 조용히 기다리고 있었다.

나는 편하게 지냈다. 그림자 없는 나를 사람들이 발견하거나 쉽게 발각될 수 있을지도 모르는 곳에서는 오랫동안 머물지 않았다. 나는 욘 씨 집에서 내가 어떤 식으로 어떻게 처신했는지를 혼자서 생각하기도 했다. 정말이지 당시의 일은 내게 치욕스러운 기억으로 남아 있었다. 그래서 나는 다른 곳에서 가벼운 마음으로 자신 있게 생활해보고 싶었다. 아니, 무엇이 한동안 나를 공허함에 붙잡아두었는지가 드러났다. 그것은 바로 인간들이었다. 인간들 가운데야말로 닻을 내리는 가장 믿음직스러운 토대였다.

세 번째 도시에서 나는 아름다운 파니를 다시 만났다. 나를 만난 기억을 전혀 갖고 있지 않은 듯한 그녀는 내게 상당한 관심을 보였는데, 나도 이제는 제법 유머와 재치를 갖고 있었기 때문이었다. 내가 말을 할 때면 모두가 경청했다. 어떻게 대화를 쉽게 이끌어가고 제어할 줄 아는 재주를 배웠는지 나 스스로도 정말이지 신기할 정도였다. 그 아름다운 여인에게 나는 정말이지 바보 같은 인상을 심어주었는데, 그녀는 그 점을 좋아했다. 이후 수많은 노력을 기울이면서 내가 할 수 있는 한 그늘과 어둠을 이용하여 그녀를 따라다녔다. 그녀가 나에 대한 허영심을 갖는 것에 대해 나 또한 우쭐해했고, 온 힘을 다 쏟지는 않았을지라도 하여튼 계산된 열정을 가슴속으로 억지로 집어넣으려 했다.

이 모든 이야기를 무엇 때문에 자네에게 장황하게 반복하여 늘어놓고 있는 것일까? 자네도 종종 다른 부유한 사람들에 관한 이야기를 내게 해주었지. 내가 선한 마음으로 진부한 역할을 떠맡았던 잘 알려진 사교 생활은 그 정도면 됐고, 다만 아주 특이하게 발전된 파국만을 덧붙이겠네. 그 파국은 내게, 그녀에게 그리고 모든 이에게 예기치 않게 일어났지.

어느 아름다운 저녁때였다. 습관대로 환하게 불이 켜진 정원에서 사교 모임이 개최되었고, 그때 나는 나의 파니와 손을 잡고 거닐었다. 물론 다른 손님들과는 어느 정도 떨어져서 걸었다. 나는 그녀에게 온갖 미사여구를 늘어놓으려고 애를 썼다. 그녀는 상냥한 눈초리로 나를 내려다보았고 내 손의 압력에 살며시 대답했다. 그때 예기치 않게 구름 속에서 달이 나왔고 우리들 뒤에서 빛을 비추고 말았다. 그 순간 그녀는 우리들 앞에 단지 자기의 그림자만이 비치고 있는 것을 알아차렸다. 그녀는 기겁하면서 당황하여 나를 쳐다보았고, 그러곤 다시 땅을 내려다보았다. 눈으로 내 그림자를 갈망했다. 그녀의 마음이 어떤지는 기묘하게 나타난 그녀의 표정을 보면 알 수 있었는데, 만약 등 뒤에 식은땀이 흐르지만 않았더라면 아마도 나는 웃음을 터뜨렸을 것이다.

그녀는 내 팔을 뿌리치고 실신했고, 나는 놀란 손님들 사이를 비집고 쏜살같이 달려나갔다. 문가로 달려나가 그곳에 정박해 있던 맨 앞의 마차에 올라타고 도시로 돌아갔다. 이날 사려 깊은 벤델을 도시에 놔두고 온 것이 불행이었다. 그는 나를 보자마자 놀라더니 말 한마디만 듣고서도 모든 정황을 눈치챘다. 즉시 우편 마차를 대기시켰다. 나는 시종들 가운데 한 사람만을 데리고 갔다. 그는 음흉한 사기꾼 같은 녀석이었는데 이름은 라스칼이었다. 녀석은 능숙하게 자신이 내게 가장 적합한 사람인 것처럼 행동했으며 오늘 일어난 일에 대해서 아무것도 눈치채지 못했다. 나는 그날 밤 30마일 정도를 달렸다. 벤델은 뒤에 남아 집을 경매하여 돈을 기부하고 내게 가장 필요한 소식을 가져오기로 했다. 그가 다음 날 도착했을 때 나는 그의 팔에 안겼고, 더 이상 바보 같은 짓을 하지 않을 것이며 또한 차후에는 더욱 조심스럽게 행동할 것이라고 그에게 맹세하였다. 우리는 계속 여행을 했으며 국경과 산맥을 넘었다. 높은 산악 지방을 넘어 그 불행한 일이 일어난 도시와 완전히 차단된 다른 비탈길로 들어서자, 비로소 나는 사람들이 찾아오지 않는 가장 가까운 휴양지로 발걸음을 옮겼다. 고통스러운 일에서 벗어나 마침내 그곳에서 휴식을 취할 수 있었다.

4

이 이야기를 쓰는 가운데 나는 빨리 한 시절로 서둘러 가고 싶었다. 기억에 남아 있는 그 시절의 참신한 마음을 떠올릴 수만 있다면 나는 기꺼이 그 시절에 머무르고 싶었다. 그러나 생생했던, 생생하게 부활할 수 있는 기억의 색깔이 내겐 완전히 꺼져 있었다. 그렇게 힘차게 고양되었던 것, 가령 고통, 행복, 경건한 환상을 내 가슴속에서 다시 발견해내고자 하면, 매번 나는 신선한 샘물이 더 이상 솟아나지 않는 암석에 부딪힐 뿐 아무 소용이 없었다. 신이 내게서 벗어난 것이다. 지나간 시절은 너무 변화된 채 나를 쳐다보고 있을 뿐이다!

도착한 휴양지에서 나는 영웅 역할을 해야만 했다. 그렇지만 전혀 공부하지 않고 무대에 올라간 신참 배우처럼, 나는 작품에 몰입하지 않은 채 어느 한 쌍의 푸른 눈동자[24]에 반하고 말았다. 그 연극에 속은 부모는 거래를 빨리 성사시키기 위해 모든 것을 내걸었지만, 결국 그 비열한 익살극은 경멸감을 낳고 말았다. 그것이 전부였다! 지금은 고리타분하고 진부하게 여겨진다. 그러나 당시에는 대단하고 위대하게 내 마음을 부풀게 했던 일이 지금 이렇게 보일 수 있다는 것이 다시금 무섭게 여겨진다. 미나, 당시 그대를 잃었을 때 슬피 울었듯이, 지금도 내 마음속에서 당신을 잃어버린 것 같아 여전히 슬프기만 하오. 내가 벌써 그렇게 늙어버렸나? 오, 슬픈 이성이여! 당시의 맥박만이라도 뛰었으면…… 한순간만이라도 다시 살아났으면…… 아니야! 이제는 괴로운 물결의 높고 황량한 바다 위에 고독하게 존재하고 있을 뿐이며, 1811년산 샴페인이 담긴 최후의 잔은 이미 마셔버렸을 뿐이다!

나는 몇 자루의 금화를 내주면서 벤델을 먼저 보냈다. 그 작은 도시에서 집을 구해 나의 필요에 맞게끔 꾸미도록 했다. 벤델은 도시로 가서 많은 돈을 뿌렸고, 자신이 모시는 저

---

24 뒤에 나오는 슐레밀의 연인 미나를 말한다.

명하신 이방인에 대해 약간 애매하게 설명했다. 왜냐하면 나는 명확한 신분으로 알려지는 것을 원치 않았기 때문이었다. 그로 인해 착한 시민들은 기이한 생각을 갖게 되었다. 집에 들어갈 수 있을 정도로 준비가 완벽히 끝나자 벤델이 다시 와서 나를 데리고 갔다. 우리는 채비를 하고 길을 나섰다.

집에 도착하기 대략 한 시간 전쯤이었다. 태양이 빛나는 들판 위에서 마치 축제 때처럼 잘 차려입은 수많은 사람들이 우리의 길을 가로막았다. 음악 소리, 종소리, 대포 소리가 들려왔고 "만세" 하고 부르짖는 큰 소리가 울려 퍼졌다. 흰 옷을 입은 뛰어난 미모의 젊은 여자들로 구성된 합창단이 마차 문 앞에 나타났다. 마치 밤에 빛나던 별들이 태양 앞에서 사라지듯, 한 여자 앞에서 나머지 여자들이 뒤로 물러섰다. 그녀는 여자들 가운데서 걸어 나왔다. 숭고하고 부드러운 외모의 그녀는 부끄러운 듯 얼굴을 붉히면서 내 앞에서 무릎을 꿇었다. 그녀는 비단으로 만든 받침대 위에 놓인 화환을 내게 내밀었는데, 그 화환은 월계수, 올리브 나뭇가지, 장미로 꾸며져 있었다. 그녀는 폐하, 망극, 사랑 같은 몇 마디 말을 했지만 나는 그 말을 전혀 이해하지 못했다. 다만 그녀의 너무나 아름답고 맑은 목소리가 나의 귀와 가슴을 사로잡았다. 마치 하늘에서 내려온 천사가 내 옆을 지나가는 듯한 기분이 들었다. 합창단이 끼어들었고, 자비로운 왕을 찬양하며 백성의 행복을 담고 있는 노래를 불렀다.

그런데 친구여, 그녀가 태양 빛 한가운데 서 있는 것이 아니던가. 그녀는 다시금 내 앞으로 두어 걸음 정도 옮기고 무릎을 꿇었고, 그림자 없는 나는 그녀와 나 사이의 간극을 뛰어넘을 수 없었다. 그 천사 앞에 무릎을 꿇을 수 없었다. 어떤 종류의 그림자도 나는 가질 수 없었으니 말이다. 수치심, 불안, 절망감으로 나는 내 마차 속에 숨어 있어야만 했다. 그때 나를 위해 뭔가를 생각해낸 듯 벤델이 마차의 다른 쪽에서 뛰어내렸다. 나는 그를 다시 불렀고 마침 내 손에 있던 작은 상자에서 비싼 다이아몬드 머리띠를 꺼내 그에게 주었다. 그 머리띠는 아름다운 파니에게 주려고 했던 것이었다. 벤델은 그것을 갖고 앞으로 나가서는 "주인님께서는 이러한 귀한 접대를 받을 수 없고 또한 받고 싶어 하시지도 않습니다"라고 말했다. 또한 "틀림없이 어떤 오해가 있는 모양이지만, 어쨌든 이 마을의 착한 주민들은 그 착한 마음씨 때문에 축복받을 것입니다"라고 말했다. 벤델은 그녀가 내민 화환을 집어 들었고 바로 그 자리에 다이아몬드로 장식된 머리띠를 올려놓았다. 그러고는 그 아름다운 소녀에게 일어서도록 정중하게 손을 내밀었고, 성직자, 관리 그리고 대표단에게 물러가도록 손짓했다. 그 누구도 나를 알현할 수 없었다. 벤델은 그들 무리에게 흩어질 것을 명령했고, 말이 나갈 수 있는 공간을 확보한 후 다시 마차에 올라탔다. 길이 열리자 마차는 다시 달렸고, 나무 잎사귀와 꽃으로 꾸며진 작은 성문을 지나 도시를 향해 달렸다. 다시금 시원스럽게 축포가 울렸다. 마침내 내가 지내게 될 숙소에 마차가 도착했다. 나를 보려는 호기심으로 가득한 사람들이 몰려와 있었고, 나는 그들을 가로질러 잽싸게 집 안으로 들어갔다. 백성들은 창문 아래에서 만세를 외쳐댔고, 나는 필요 이상의 많은 금화를 뿌리도록 명했다. 저녁 무렵 자발적으로 등을 켰는지 도시 전체가 환하게 빛났다.

도대체 이 모든 일이 무엇을 뜻하는지, 그리고 내가 도대체 누구로 간주되고 있는지 전혀 알지 못했다. 나는 정황을 파악해오도록 라스칼을 내보냈다. 어떤 식으로 그렇게 확실한 정보가 나돌게 되었는지 알 수 없었지만 그는 다음과 같이 말했다. 자비로운 프로이센 대왕인 빌헬름 3세가 백작의 이름으로 지방 곳곳을 여행하는 중이라는 것이었다. 벤델이 신하로 인식되고 있었고 그와 나의 신분이 누설되었다는 것이며, 나를 이곳에 모시게 되었다는 확신으로 사람들은 무척 기뻐하고 있다는 내용이었다. 내가 아주 철저히 익명의 생활을 유지하고 싶어 한다고 여겼기에 사람들은 비밀을 빨리 벗겨내는 것은 잘못된 짓이라고 생각했다. 그런 상황에 대해 나는 상냥하고도 자비로운 화를 냈어야 했지만, 그래도 이곳 사람들의 선한 마음씨를 용서하지 않을 수 없었다.

장난스러운 라스칼은 그 모든 상황을 재미있다고 여겼기에, 그는 벌을 내리는 듯한 말로써 착한 마을 사람들의 믿음을 더욱 강화하고자 최선의 노력을 다했다고 말했다. 그는 내게 어떤 우스꽝스러운 일에 대해 보고했고, 상기된 내 모습을 보자 능숙한 잔꾀로 나를 더욱 즐겁게 해주었다. 나는 고백하지 않을 수 없는데, 사실 존경받는 지도자로 간주되는 것은 어쨌든 기분 좋게 여겨졌다.

나는 내일 저녁 집 앞의 나무로 우거진 공간에서 파티를 열어 마을 사람들 모두를 초대하라고 명령했다. 돈 자루의 비밀스러운 힘, 벤델의 노력, 라스칼의 기민한 꾀로 모든 것을 성공적으로 준비할 시간이 충분했다. 놀랍게도 모든 것이 몇 시간 내에 화려하고 아름답게 꾸며졌다. 집 앞 공간은 화려하고 풍요롭게 꾸며졌고, 내가 편하게 느낄 수 있도록 조명 시설도 아주 치밀하게 나누어 설치되었다. 다른 일을 생각해낼 필요가 없었으며 그저 나의 충복들을 칭찬해주기만 하면 족했다.

저녁이 다가왔고 어두워졌다. 손님들이 나타났고 차례로 내게 소개되었다. 폐하라는 말이 사용되지는 않았지만, 사람들은 깊은 경외심과 복종심으로 나를 백작이라고 불렀다. 어찌하면 좋을까? 백작이라는 표현은 마음에 들었고, 그때

부터 페터 백작이라고 불렸다. 축제와도 같은 분위기에서 내 영혼은 오로지 단 한 사람만을 갈망하고 있었다. 그녀는 좀 늦게 나타났다. 그녀, 여왕처럼 내가 준 다이아몬드 머리 띠를 한 그녀 말이다. 그녀는 예의 바른 모습으로 부모와 함께 왔다. 그녀는 자신이 가장 아름다운 여인이라는 사실을 모르고 있는 듯이 보였다. 그들은 산림국장과 그의 부인, 그의 딸이라고 내게 소개되었다. 나는 그녀의 나이 많은 부모에게는 상당히 편하고 신뢰할 만한 이야기를 자신 있게 말했지만, 그녀 앞에서는 꾸지람을 들은 소년처럼 꼼짝 않고 서서 단 한마디도 꺼낼 수가 없었다. 마침내 말을 더듬거리면서 나는 그녀에게 축제의 시작을 정중하게 알리도록 권했다. 요컨대 그녀가 쓰고 온 그 왕비 머리띠의 관직을 수행하도록 청했다. 수줍은 듯 감동적인 눈으로 그녀가 응해주었다. 그녀 앞에서 더욱 수줍어하면서 나는 그녀의 으뜸가는 충복처럼 깊은 존경심으로 모든 경의를 표했다. 나의 신호는 하나의 명령이 되었고, 그러한 명령을 떠받들기 위해 모든 참석자들은 열심히 아양을 떨었다. 장엄하고 순수한, 그리고 우아한 분위기로, 게다가 아름다운 분위기까지 하나가 되어 축제가 시작되었다. 미나의 부모는 행복해했다. 그들은 자신의 딸이 고귀하게 대접받고 있는 점에 대해 매우 명예롭게 생각하고 있었다. 나 자신은 형용할 수 없을 만큼

심취했다. 운반하기 귀찮은 금화들을 지불하여 내가 그동안 사들여 모은 모든 보석과 진주, 귀금속을 두 개의 두껑 덮은 그릇 속에 담도록 해서 그것을 파티의 여왕[25]의 이름으로 모든 여성과 부인들에게 차례차례 돌리게 했다. 그사이 장롱에서 가져온 금화를 환호하는 백성들에게 하사하도록 했다.

이튿날 아침 벤델은 나에게 몰래 말을 털어놨다. 그는 오래전부터 라스칼의 성실함을 의심했다고 하며, 이제 그 점이 확실해졌다고 말했다. 벤델은 라스칼 녀석이 어제 다른 주머니에 돈을 가득 채워 횡령했다고 전했다. 나는 대답했다.

"그 불쌍한 사기꾼 녀석에게도 적은 양의 돈을 그냥 베풀어주겠네. 나는 모든 사람에게 돈을 주고 싶네. 라스칼 녀석이라고 안 될 것은 없지 않겠는가. 자네가 데려온 새로운 사람들뿐만 아니라 녀석도 충실히 시중을 들었지. 그들 모두 화려한 축제를 거행하는 데 도움을 주었어."

더 이상 그에 관한 얘기를 하지 않았다. 라스칼은 내 하인들 가운데 으뜸가는 하인으로 남았고, 벤델은 나와 허물없이 지내는 친한 친구가 되었다. 벤델은 내 재산이 무한하다

---

25 미나를 가리킨다.

고 생각하는 데 익숙해 있었지만, 그 출처를 결코 염탐하려 들지 않았다. 그는 오히려 내 생각을 읽으면서 돈을 쓸 기회를 생각하는 것을 도와주었다. 그 베일에 감싸인 정체불명의 음흉한 회색 옷 입은 남자에 관해서 벤델은 그저 다음과 같은 정도로 알고 있었다. 오로지 그를 통해서만 주인님이 저주로부터 풀려나게 될 것이라고, 그리고 주인님의 유일한 희망이기도 한 그 남자를 주인님은 두려워한다는 정도였다. 또한 그 정체불명의 남자는 어디서든지 주인님을 발견할 수 있지만, 역으로 주인님은 그를 발견할 수 없다고, 그렇기 때문에 주인님은 약속된 날을 기다리면서 매번 그를 찾아 나서지만 헛수고로 그치고 만다는 정도였다.

내가 주최한 화려한 축제와 내 행동을 보고 강한 믿음을 가진 이곳 시민들은 처음에는 자신들의 의견을 굳게 믿고 있었다. 그러나 프로이센 왕의 환상적인 여행은 이내 근거 없는 소문이었다고 신문에 보도되었다. 그래도 어쨌든 나는 왕으로 간주되었고, 왕으로 머물러야만 했다. 매우 부유한, 위엄 있는 왕 중의 왕으로 말이다. 다만 사람들은 내가 어떤 왕인지를 알지 못했다. 사람들은 군주제도의 소멸에 대해 하소연할 필요가 없으며, 특히 우리 시대에는 더욱 그렇다. 눈으로 왕을 직접 보지 못한 착한 사람들은 항상 변함없는 행복한 마음으로 때로는 이런 왕을, 때로는 저런 왕을 추측해내고 있었다. 나 페터 백작은 변함없이 그대로 머물러 있었다.

한번은 휴양지를 찾아온 손님들 가운데 어느 상인이 있었는데, 그는 부유하게 지내려다가 결국 파산하고 말았다. 상당한 존경을 누리는, 약간 희미했지만 커다란 그림자를 갖고 있던 그는 이곳에서 사치를 과시하기 위해 자신이 모은 재산을 모두 기부했으며 나와 경쟁하고 싶어 하는 듯이 보였다. 내 자루의 돈으로 나는 이내 그 불쌍한 녀석을 물리쳤다. 그는 명성을 얻으려다가 파산하고 말았고 이곳을 떠나야만 했다. 이곳에서 나는 그렇게 많은 빈털터리와 백수를 만들어냈다!

왕처럼 화려하고 사치스럽게 지내면서 나는 모든 것을 지배하게 되었다. 그렇지만 나는 내 집에서 소박하게 은거하면서 지냈다. 그 어떤 구실로든 그 누구도 벤델 이외에는 방 안으로 들어올 수 없다는 대단히 중요한 예방 조치를 규정으로 세웠다. 태양이 빛나고 있는 한 나는 벤델과 함께 방 안에 있었다. 그것은 곧 백작님이 자신의 방에서 업무를 보신다는 것을 뜻했다. 이런 작업을 위해 파발꾼이 자주 연결되었고, 나는 온갖 사소한 일을 위해 그들을 이용했다. 나는 오직 저녁에만 나무 아래에서, 혹은 벤델의 지시로 능숙하고 화려하게 조명이 설치된 홀에서 사람들을 접대하였다.

밖으로 나갈 때면 벤델은 항상 아르구스[26]의 눈으로 나를 지켜주었다. 가령 단 한 사람만을 보기 위해 산림국장 집의 정원으로 갈 때 말이다. 내 인생의 가장 내밀한 마음은 바로 내 사랑이었다.

착한 벗 샤미소, 나는 자네가 사랑이 무엇인지 잊지 않았기를 바라네. 나는 자네가 많은 점을 보충하도록 내버려두겠네. 미나는 정말이지 사랑스럽고 착하고 경건한 소녀였어. 나는 오로지 그녀가 나만을 생각하게끔 붙잡았고, 내가 넋 없이 바라볼 정도로 자신이 얼마나 귀한 존재인지를 그녀는 너무 겸손한 나머지 모르고 있었네. 티 없이 맑은 가슴의 청순한 힘으로 그녀는 내 사랑에 오로지 사랑으로만 보답했지. 그녀는 완전히 자신을 헌신하는 여인처럼 사랑했네. 그녀의 삶이었던 나에게만 자신을 바치면서 사심 없이, 몰아적으로 그녀는 자신을 희생하려 했던 거야. 그녀는 진심으로 나를 사랑했어.

그러나 나는—오 얼마나 무서운 시간인가—정말 무서웠다! 내 쪽에서도 그녀를 간절히 원했어야 했지만, 그저 벤델의 가슴에 파묻혀 종종 슬피 울기만 했다. 그 첫 번째 의식

---

26 그리스신화에 나오는 백 개의 눈을 가진 거인.

없던 황홀한 순간이 지난 후 나는 냉정하고 날카롭게 내 자신을 생각했기 때문이었다. 그림자 없는 내가 사악한 이기심으로 이 아름다운 천사를 파멸시키고 순수한 영혼을 속여 훔쳐가려 하다니! 나는 나 자신을 그녀에게 밝히기로 결심했고, 그녀를 뿌리치고 사라져버리겠다고 굳게 맹세했다. 그러자 이내 눈물이 흘러내렸다. 나는 저녁때 그녀의 집을 방문하고 싶다고 벤델에게 말했다.

다른 때에는 그 회색 옷 입은 정체불명의 남자가 나를 조만간 찾아오지 않을까 하는 커다란 희망을 갖기도 했지만, 그렇게 믿고 있는 내 생각이 헛된 것임을 깨달으면서 슬피 울었다. 나는 그 무서운 놈과 재회하는 날을 예상해보기도 했다. 그가 "오랜 시간 후"라고 말했기에 나는 그의 말을 철석같이 믿고 있었다.

미나의 부모는 선하고 존경받을 만한 노인들이었고 외동딸만을 사랑했다. 현재의 모든 상황에 그들은 반가운 기색을 보였지만 자신들이 무엇을 해야 할지 모르고 있었다. 그들은 예전에 감히 페터 백작이 자기 딸을 염두에 두고 있다고는 전혀 생각하지 못했지만, 지금 그 백작이 딸을 사랑하고 있고 딸도 그를 사랑하고 있었던 것이다. 허영심 있는 미나 어머니는 미나와 나의 결합 가능성을 생각하고 그것을 목표로 행동할 수도 있었겠지만, 건전한 이성을 지닌 지긋한 연세의 미나 아버지는 그런 생각을 갖지 않았다. 두 사람 모두 나의 순수한 사랑을 확신하고 있었다. 그들은 오로지 미나를 위해 기도하는 것 이외에는 아무것도 하지 않았다.

당시 미나로부터 받은 편지가 내 손안에 있네. 그녀의 모습이기도 한 그 편지를 자네에게 옮겨보겠네.

"저는 연약하고 어리석은 소녀랍니다. 당신을 진심으로, 진심으로 사랑하기 때문에 사랑하는 당신께서 이 불쌍한 소녀에게 아픔을 주시지는 않을 것이라고 생각합니다. 정말이지 당신은 좋은 분이세요. 말할 수 없이 좋은 분이세요. 저를 오해하지 마세요. 당신은 저를 위해 아무것도, 그 어떤 것도 희생하실 필요가 없으십니다. 만약 그러실 경우 저는 맹세코 저 자신을 증오할 거예요. 정말이지 당신은 저를 너무 행복하게 해주셨고 제게 사랑을 가르쳐주셨어요. 떠나세요! 그것이 제 운명이지요. 페터 백작은 저에게 속한 분이 아니라 이 세상에 속해 있는 분입니다. 사람들이 '그 분이 페터 백작이었어, 그가 다시 나타나서 그 일을 해냈어'라고 하는 말이 들리면 저는 몹시 자랑스러울 거예요. 사람들은 그렇게 당신을 숭배하고 신성시할 것입니다. 그 점을 생각할 경우, 혹시나 당신이 저 같은 한심한 아이 때문에 당신의 고귀한 운명을 잊으실까 화가 납니다. 떠나세요. 그러지 않으면 그런 생각으로 인해 저는 불행해질 것 같아요. 물론 백작님에 의해 제가 너무 행복하고 지극히 기쁘긴 하지만요. 당신께 내밀었던 화환처럼 제가 당신의 삶 속에 올리브 나뭇가지와 장미꽃을 집어넣지 않았던가요? 영원히 제 마음 속에 당신을 간직하겠어요. 제발 저를 떠나시는 것을 두려워하지 마세요. 당신에 의해 형용할 수 없을 만큼 행복했듯이, 저는 기꺼이 행복하게 죽을 것입니다."

벗이여, 편지의 모든 구절이 얼마나 내 가슴을 사무치게 만드는지 자네도 짐작할 수 있을 것이네. 나는 그녀에게 밝혔어. 나는 사람들이 존경하는 그런 사람이 아니고 단지 돈이 많은, 너무나 초라한 사람이라고 말이야. 나는 저주받은 사람이라고. 그리고 그 저주는 그녀와 나 사이의 유일한 비밀로 남아 있다고. 물론 그 저주가 풀릴 것이라는 희망이 없지는 않다고도 말했지. 내 인생의 독(毒)으로 인해, 나의 유일한 빛, 나의 유일한 행복, 내 삶의 유일한 심장인 그녀를 몰락시킬 수도 있다고 말이야. 그러자 나의 불행에 그녀는 다시 울음을 터뜨렸지. 그녀는 그렇듯 사랑스러웠고 착했어. 눈물겹도록 고맙게도 그녀는 내게 그녀 자신을 다 바쳤던 거야. 정말이지 그런 행복이 어디 있을까?

그녀는 내 말을 제대로 해석하지 못할 정도로 다르게 생각하고 있었다. 그녀는 나를 어떤 심각한 저주를 받고 있는 영주 혹은 존경받는 고상한 지도자로 간주하고 있었고, 나를 어떤 영웅적인 상으로 멋지게 그려내며 열심히 상상하고 있었다.

한번은 내가 그녀에게 말했다. "미나, 다가오는 최후의 날에 제 운명이 변화되고 결정될 것입니다. 그렇게 되지 않는다면 저는 죽어야만 할 것입니다. 제가 당신을 불행하게 만들고 싶지 않기 때문이에요."

그녀는 울음을 터뜨리면서 자신의 머리를 내 가슴에 묻었다.

"당신의 운명이 변한다면 당신의 행복을 저에게 알려주세요. 저는 아무런 요구도 없답니다. 당신이 비참해지신다면, 저 또한 당신과 함께 비참해질 것입니다. 제가 그것을 함께 견딜 수 있도록 도와주세요."

"그렇게 성급하고 어리석은 말을 꺼내지 마세요. 제발, 제발 거두어주세요. 저의 비참함, 제가 받고 있는 저주를 당신은 모르십니다. 당신은 경련을 일으킬 정도로 떨고 있는 제 모습을 보지 못하시는지요? 제가 당신에게 밝히지 못하는 어떤 비밀을 갖고 있다는 사실을?"

그녀는 울먹이면서 내 발밑에 주저앉으며 자신의 청을 반복하여 맹세했다.

막 들어서는 미나 아버지에게 나는 다가오는 다음 달 1일에 따님에게 청혼하겠다는 내 의도를 밝혔다. 그런 시점을 확고하게 결정한 까닭은, 그때까지 아마도 내 운명에 어떤 영향을 끼칠 수 있는 많은 일들이 일어날 수 있을 것이라고 생각했기 때문이었다. 미나에 대한 내 사랑은 변함이 없다고 밝혔다.

페터 백작의 입에서 그 말을 듣자 선한 미나 아버지는 매우 놀라워했다. 그는 내 목을 껴안았지만 이내 자신의 경거망동에 대해 부끄러워했다. 의심해보고 숙고하고 꼼꼼히 살펴보아야만 한다는 생각이 그에게 들었다. 그는 지참금, 보호 대책, 딸의 미래에 관하여 이야기했다. 나는 그런 점을 환기시켜준 것에 대해 고마워했다. 그리고 사랑하는 연인의 고향인 이곳에 정착하여 아무 근심 없이 삶을 영위하고 싶다고 말했다. 또한 이곳에 매물로 나와 있는 모든 부동산을 따님의 이름으로 사고 그 계산서를 내게 청구해주도록 청했다. 사랑하는 딸을 위해 아버지는 기꺼이 그런 일을 해냈다. 그는 할 일이 많았는데, 왜냐하면 그에게 물건을 팔기 위해 도처에서 낯선 사람이 나타났기 때문이었다. 모든 것을 사들이는 데 족히 1백만 탈러 정도의 돈이 들었다.

내가 미나 아버지에게 그런 일을 부탁한 것은, 사실 그를 멀리하려는 악의 없는 계산이었다. 그를 대하면서 나는 이미 그런 비슷한 계산을 필요로 했는데, 솔직히 말하면 그는 약간 나를 성가시게 했기 때문이었다. 반면에 미나 어머니는 너무 착했고 세상 물정에 약간 어두웠으며, 남편처럼 백작과 환담을 나누는 명예심 따위는 전혀 생각하지 않는 분이었다. 미나 어머니가 왔고, 그들은 자기 집에 좀 더 머물도록 내게 청했다. 나는 조금도 지체할 수 없었다. 나는 서서히 지평선에서 떠오르는 달을 보았다. 시간이 다 되었다.

다음 날 저녁 나는 다시 미나 부모님 집을 향해 갔다. 외투를 어깨 위에 걸치고 모자를 눈가 깊이 눌러쓰고는 미나에게로 갔다. 그녀의 모습, 그녀가 나를 쳐다보는 모습으로 보아 그녀는 부자연스러운 행동을 하고 있었다. 달빛에 그림자 없는 모습을 내보였던 지난날의 그 무시무시한 밤의 장면이 선명하게 떠올랐다. 그녀도 실제로 그랬다. 그녀가 이미 나를 알아챈 것일까? 그녀는 조용히 생각에 잠겼고 내 마음은 너무 무거웠다. 나는 의자에서 일어섰다. 그녀는 조용히 울면서 내 가슴에 안겼다. 나는 일어섰다.

나는 그녀가 자주 눈물을 흘리고 있음을 알아냈다. 내 마음은 더욱더 암울했고, 단지 미나 부모님만이 행복감으로 흥겨워했다. 불행한 날이 마치 뇌우를 몰고 오는 구름처럼 불안하고 무겁게 점차 다가왔다. 약속한 날의 전날 저녁이 다가왔다. 나는 거의 숨을 쉴 수 없었다. 매우 조심스럽게 몇 상자에 금을 가득 채웠고, 밤 열두 시경에 깨어났다. 열두 시 종소리가 울렸다.

나는 앉아서 눈을 시계의 시침으로 향하고 분과 초를 읽었다. 마치 단도로 찌르는 듯했다. 움직이는 모든 소리에 나는 벌떡 일어섰고, 마침내 날이 밝았다. 창백한 시간이 흘렀고, 정오, 저녁, 그리고 밤이 되었다. 시침이 움직였고, 희망이 사라졌다. 열한 시를 알렸지만 아무것도 나타나지 않았다. 마지막 시간의 마지막 분이 흘렀고, 그 어떤 일도 일어나지 않았다. 열두 시를 알리는 첫 번째이자 마지막 시간이 지나갔다. 나는 절망한 나머지 마구 울면서 의자 뒤로 주저앉았다. 아침에, 결국 영원히 그림자 없이, 내 연인에게 청혼을 해야만 했던 것이다. 두려운 상태에서 새벽녘에 잠이 내 눈가로 몰려왔다.

5

방 앞의 대기실에서 서로 강렬히 주고받는 목소리로 인해 나는 아침 일찍 깨어났다. 귀를 기울였다. 벤델이 내 방 출입을 막으셨고, 라스칼은 자신과 비슷한 신분의 사람으로부터는 그 어떤 명령도 결코 받을 수 없다고 강력하게 말하면서 내 방으로 들어가겠다고 고집을 피웠다. 착한 벤델은 "그런 말이 주인님 귀에 들어가면 귀중한 하인 자리를 잃게 될 것"이라고 라스칼에게 으름장을 놓았다. 벤델이 계속 출입을 막자 라스칼은 손을 갖다 대면서 위협했다.

나는 옷을 반쯤 걸치고는 화를 내면서 문을 열었고 라스칼에게 호통 쳤다.

"이 깡패 같은 놈아, 네가 원하는 것이 뭐냐?"

그는 두어 걸음 뒤로 물러섰지만 아주 차갑게 대답했다.

"백작님, 제발 저에게 그림자를 한번 보여주시기 바랍니다. 태양이 마당 위에 아름답게 떠 있습니다."

나는 마치 벼락을 맞은 듯했다. 잠시 시간이 흘렀고 내가 다시 말을 꺼냈다.

"어찌 감히 하인 녀석이 주인에게 대항하여……."

그러자 라스칼은 제법 차분하게 내 말을 가로막았다.

"하인이란 본래 성실한 사람이지만, 그렇다고 그림자 없는 주인을 위해 봉사하지는 않습니다. 그러니 저를 해고해주실 것을 요구합니다."

나는 다른 방도를 내세우지 않을 수 없었다.

"라스칼, 여보게 라스칼, 누가 자네로 하여금 그런 생각을 갖게 했을까, 어떻게 그런 생각을……?"

똑같은 목소리로 라스칼은 대꾸했다.

"사람들의 주장에 의하면, 주인님께서는 그림자를 지니지 않고 있다고 합니다. 그러니 주인님께서 제게 그림자를 보여주시거나 아니면 저를 해고해주십시오."

벤델은 창백한 모습으로 떨고 있었지만 나보다 훨씬 사려 깊게 내게 신호를 보냈다. 나는 녀석을 달랠 수 있는 금을 제공하고자 했다. 그러나 그것은 아무 효과가 없었다. 그는 그것을 내 발밑에 던져버렸다.

"그림자 없는 사람으로부터는 아무것도 받지 않겠습니다." 그는 내게 등을 돌리더니 모자를 쓰고 휘파람으로 노래를 부르며 천천히 방을 나갔다. 나는 벤델과 함께 망연자실하여 넋을 잃은 채 꼼짝 않고서 그를 응시했다.

한숨을 내쉬면서 가슴속에 죽음을 간직한 채 나는 마침내 내가 했던 약속을 취소하기 위해, 마치 재판관 앞으로 나가는 범죄자처럼, 산림국장 집의 정원으로 갈 채비를 했다. 미나 부모님이 지금 나를 기다릴 게 틀림없는, 내 이름을 딴 어두운 정자로 갔다. 미나 어머니는 아무 근심 없이 환하게 나를 향해 다가왔다. 마치 마지막 꽃잎들에 입맞춤을 하고 즉시 쓸쓸한 물로 녹아버리고 마는 가을의 첫눈처럼 미나는 창백하고 아름답게 그곳에 앉아 있었다. 무엇인가 적혀 있는 종이를 손에 들고서 미나 아버지는 흥분한 모습으로 정자를 오르락내리락하고 있었으며, 자신 속에 무엇인가를 심히 억누르고 있는 듯이 보였다. 그런 기색은 평소 전혀 표정이 없던 얼굴에 나타난 울긋불긋한 점을 통해 알 수 있었다. 내가 들어서자 그는 다가와서 말을 더듬거리면서 나와 혼자서 이야기를 하고 싶다고 말했다. 그가 앞장서고 내가 따라간 그 길은 정원에 해가 드는 탁 트인 공간과 연결되어 있었다. 나는 말없이 의자에 앉았다. 한동안 침묵이 오갔고, 미나의 마음씨 고운 어머니도 감히 그 침묵을 깰 수가 없었다.

미나 아버지는 불규칙한 걸음걸이로 정자를 오가더니, 갑자기 내 앞에 말없이 서서 자신의 손에 쥐고 있던 종이를 내려다보고는 나를 훑어보는 듯한 시선으로 물었다. "백작님, 당신에게는 페터 슐레밀이라는 이름이 생소한 이름은 아니겠지요?"

나는 침묵했다.

"뛰어난 성격과 특별한 재능을 가진 남자 말입니다"라고 말하면서 그는 대답을 기다리는 듯했다.

"제가 만약 바로 그 사람이라면?"

그러자 미나 아버지는 흥분하여 말했다.

"그 사람이라면, 바로 그림자가 없는 사람이겠군요!"

이때 미나가 소리쳤다. "제 예감이 맞았어요, 제 예감이. 저는 이미 오래전에 알았답니다. 저분은 그림자를 갖고 있지 않아요." 그녀는 어머니 팔에 안겼고, 미나 어머니는 너무 놀란 나머지 몸을 떨면서 미나를 끌어안았다. 그러면서 왜 불행하게도 그런 비밀을 마음에 품고 있었느냐고 미나를 나무랐다. 미나는 아레투자[27]처럼 눈물을 흘렸고, 내 목소리를 듣자 그녀의 눈물은 더 많이 흘러내렸다. 그녀의 눈물은

---

27 알페이오스에서 목욕을 하던 요정 아레투자는 강의 신에 의해 쫓겼지만 아르테미스의 도움을 받아 샘물로 솟구치게 된다.

내 면전에서 폭풍우처럼 쏟아졌다.

"당신은," 하고 미나 아버지는 증오심을 내보이면서 다시 목청을 높였다. "당신은 너무 파렴치하게도 이 애와 나를 속이는 일에 조금도 주저하지 않았군요. 당신이 저 애를 사랑한다고 했는데, 당신은 저 아이를 파멸시킨 것과 다름없어요. 보세요, 저 아이가 얼마나 슬피 울며 괴로워하고 있는지. 정말이지 무섭습니다! 무서워!"

그 말을 듣자 나는 완전히 의식을 잃어버릴 뻔했고 마치 실성한 듯 다음과 같이 말했다.

"결국 그림자 때문이군요. 오로지 그림자 때문이에요. 그런 이유를 대지 않고서도 서로 끝장을 낼 수 있지 않습니까. 그것으로 소동을 피우실 필요는 없을 것 같습니다."

나는 내가 터무니없는 말을 했다고 느끼고는 더 이상 말하지 않았다. 물론 미나 아버지는 그런 나의 말에 대꾸할 필요가 없었다. 나는 이어서 한번 잃어버린 것은 누구나 되찾을 수 있다고 덧붙였다.

그러나 미나 아버지는 화를 내며 대답했다.

"자, 한번 말해보세요, 어떻게 당신의 그림자를 잃어버렸는지 고백해보세요."

나는 다시 거짓말을 했다.

"어느 날 물리칠 수 없는 힘을 지닌 사람이 매우 불쾌하게도 제 그림자를 짓밟더니 그 안에 커다란 구멍을 내고 말았습니다. 저는 그에게 그림자를 다시 복구해달라고 했지요. 돈으론 많은 일이 가능합니다. 원래 저는 어제 그림자를 다시 받기로 했었습니다."

"알겠습니다, 잘 알겠어요" 하고 그는 대답했다. "당신이 내 딸에게 청혼을 했지만, 다른 사람들도 있습니다. 딸을 보살펴주어야만 하는 것이 아버지의 도리입니다. 어쨌든 3일의 시한을 드리도록 하겠습니다. 3일 내에 그림자를 다시 찾도록 노력하시기 바랍니다. 3일 안에 딱 맞는 그림자를 갖고서 내 앞에 나타난다면 나는 당신을 기꺼이 받아들일 것입니다. 그러나 하루라도 지나면—분명 말하지만—내 딸은 다른 사람의 부인이 될 것입니다."

나는 미나에게 한마디를 건네려고 했지만, 그녀는 강렬하게 흐느끼면서 어머니에게 바짝 안겼다. 미나 어머니는 아무 말 없이 내게 가라는 눈짓을 보냈다. 나는 비틀거리면서 나갔다. 마치 내 뒤에서 온 세상이 문을 닫아버리는 듯했다.

벤델의 사려 깊은 보호를 뿌리치고 나는 망연자실한 걸음걸이로 숲과 도로를 방황했다. 불안한 마음에서 식은땀이 머리에서 흘러내렸고 암울한 신음이 튀어나왔다. 가슴에는 광기가 날뛰고 있었다.

시간이 얼마나 지났는지 알 수 없었지만, 갑자기 해가 빛나는 들판에서 누군가가 내 팔을 잡고 있는 듯 느껴졌다. 나는 말없이 서서 주위를 둘러봤다. 그 회색 옷 입은 남자였다. 나를 붙잡으려고 쫓아왔는지 그는 가쁘게 숨 쉬고 있었다. 그는 즉시 말했다.

"오늘에야 당신을 뵙고자 찾아오게 되었군요. 당신은 더 이상 기다릴 수 없으셨겠지요. 모든 일이 잘될 것입니다. 제 충고를 받아들이시면 당신은 그림자를 다시 찾아서 사용하실 수 있습니다. 그러면 돌아가셔서 산림국장으로부터 환영받게 될 것입니다. 모든 것이 단지 하나의 장난에 불과했던 것으로 끝날 거고요. 당신을 배반했던 라스칼 녀석이 당신의 여인에게 청혼했나본데, 그 녀석은 제가 맡기로 하지요. 녀석은 이제 벌을 받아 마땅합니다."

나는 잠에 취한 듯 서 있었다. "오늘이었나?" 하고 나는 다시 한번 시간을 생각해보았다. 그가 옳았다. 나는 지금껏 하루를 잘못 계산했었다. 나는 가슴 위에 있는 자루를 향해 오른손을 뻗쳤다. 그때 그는 내 생각을 읽어내고는 두 발짝 뒤로 물러섰다.

"아니지요, 백작님. 그것은 착한 분이 지녀야 할 물건이니 계속 간직하십시오." 나는 멍한 눈으로 그를 뚫어지게 쳐다보았고 질문을 던지듯이 놀라워했다. 그가 이어서 대답했다.

"기념으로 단지 사소한 점만을 저는 당신께 부탁드리려 합니다. 착하신 당신께서는 단지 여기 작은 종이에만 서명하시면 됩니다." 종이 위에는 다음과 같은 말이 적혀 있었다.

"죽은 후 나는 이 서류를 갖고 있는 이에게 내 영혼을 넘길 것을 유언으로 서명하노라."

너무 기가 막히고 놀란 나머지 나는 그 종이 서류와 회색 옷 입은 남자를 번갈아 쳐다보았다. 신선한 가시나무에 찔린 내 손에서 피가 흘러나왔고, 그는 그사이 새로 깎은 펜으로 한 방울의 피를 적셨다. 그리고 그 펜을 내게 내밀었다. "당신은 대체 누구요?" 하고 나는 그에게 물었다.

"그게 무슨 상관인가요" 하고 그는 대답했다. "자, 정말 제가 누군지 모르시나요? 저는 보잘것없는 악마입니다. 탁월한 기예를 주어도 친구들로부터 배은망덕만을 되받는 학자이자 물리학자처럼 보이는 그런 악마 말입니다. 자기 자신을 위해서는 약간의 실험을 즐기는 것 이외에는 이 지구상에서 다른 어떤 것도 즐기지 않는 악마입니다. 어쨌든 여기 서명만 하시면 됩니다. 오른쪽 하단에 페터 슐레밀이라는 이름을 적으시지요."

나는 고개를 흔들면서 말했다. "미안합니다. 서명 못 하겠습니다."

"못 하겠다고요!" 그는 놀라면서 반복했다. "왜 못 하겠다는 겁니까?"

"그림자를 얻기 위해 영혼을 넘기는 것은 한번 고려해야만 할 것 같습니다."

그는 "예, 예!" 하고 되풀이했다. "고려해야 한다……" 하고 말하면서 그는 나를 향해 크게 웃었다. "질문을 드려도 좋다면, 도대체 당신의 영혼이란 어떤 물건입니까? 그것을 본 적이나 있습니까? 언젠가 죽을 때 그 영혼을 가지고 도대체 무엇을 할 작정이십니까? 오히려 저 같은 수집가를 만난 것에 대해 기뻐하십시오. 저는 당신에게 X라는 덩어리, 즉 전기가 흐르고 양극 전자장을 지닌 몸 덩어리―그 외에 이 쓸모없는 덩어리는 무엇이겠습니까?―가 남긴 유산에 대해 실제적인 것, 즉 당신의 생기 있는 그림자로 그 대가를 지불하려는 것입니다. 이 그림자를 갖게 되면 당신은 애인의 손을 잡게 될 것이고 모든 소원을 성취할 수 있지 않습니까. 당신은 그 불쌍한 젊은 처녀를 그 비열한 불량배 녀석에게 넘기시겠습니까? 안 됩니다. 당신은 자신의 눈으로 정황을 확인해봐야 합니다. 자, 오세요, 제가 당신의 몸을 보이지 않도록 만드는 마술 두건을 빌려드리지요. (그는 주머니에서 무엇인가를 끄집어냈다.) 보이지 않는 상태로 우리 산림국장 집으로 가보십시오."

나는 이 남자의 비웃음거리가 되는 것이 몹시 수치스러웠고, 그 점을 인정하지 않을 수 없었다. 마음 밑바닥에서부터 나는 그를 증오했다. 기본 신조나 선입견보다는 오히려 개인적 적대감 때문에, 나는 그림자를 얻으려는 목적으로―물론 그림자가 절대적으로 필요했지만―이자가 원하는 서명을 내줄 수 없었다. 또한 그가 제시한 미나 집으로 함께 가자는 생각도 도저히 참을 수 없었다. 슬금슬금 끼어드는 이 추악한 녀석, 냉소를 던지는 이 유령 같은 녀석이 나와 그녀 사이를, 피를 흘릴 정도로 상처가 난 우리 둘의 마음 사이를 비웃음을 던지며 끼어드는 것은 정말이지 나를 매우 격분시켰다. 나는 일어난 일, 이 비참한 나의 상태를 결코 피할 수 없는 불행으로 받아들였다. 나는 그를 향해 말했다.

"여보시오, 정말이지 매우 귀중한 자루를 얻기 위해 나는 당신에게 그림자를 팔았습니다. 그렇지만 지금 그 일을 몹시 후회하고 있소. 거래를 제발 취소해주시오!"

그는 고개를 저으면서 매우 신중한 표정을 지었다.

나는 계속 말했다. "내 소유물 가운데 그 어떤 것도 더 이상 당신에게 팔지 않을 작정이오. 설혹 방금 제시한 대로 내가 그림자를 다시 얻는다 해도 말입니다. 그 어떤 것에도 서명하지 않겠습니다. 그리고 내게 권했던 몸을 감추는 변장술은 나보다는 당신에게 훨씬 재미있을 겁니다. 그러니 나를 용서하시오. 더 이상 달리 할 수 없습니다. 이제 헤어집 시다!"

"참 안됐군요. 슐레밀 씨, 당신에게 친절하게 제공된 거래를 당신 스스로 고집스럽게 거부하시는군요. 아마 다음번에는 운이 닿겠지요. 그럼 안녕히 계십시오! 잠깐, 그건 그렇다 치고, 제가 산 물건은 없어지지 않고 오히려 정성스럽게 잘 보관되어 있습니다. 제가 그것을 잠시 당신께 보여드리겠습니다."

그는 즉시 자기 주머니에서 내 그림자를 끄집어내어 유연한 손놀림으로 들판 위에 던졌고, 다시금 그림자를 태양 쪽에서 자기 발밑으로 펼쳤다. 그는 그를 따라다니는 두 그림자, 즉 내 그림자와 그의 그림자 사이를 오갔다. 내 그림자역시 그에게 복종해야 했고 그의 움직임에 따라 방향을 돌려 순응해야만 했기 때문이다.

정말 오랜만에 내 그림자를 다시 보았다. 그렇지만 내 그림자가 터무니없는 일을 하도록 가볍게 취급되고 있는 것을 보니, 또한 내가 저 그림자 때문에 말할 수 없는 곤경에 빠져 있다고 생각하니 내 가슴은 터질 것만 같았다. 나는 쓰디쓴 눈물을 흘렸다. 내게서 앗아간 물건을 자랑하면서 걷고 있는 저 가증스러운 녀석이 파렴치하게도 계약서를 다시 내밀었다.

"펜을 한 번 갈기면 당신은 그림자를 소지할 수 있습니다. 그러면 당신은 저 불량배의 손아귀로부터 그 불쌍하고 불행한 미나를 구출하여 당신 팔로 껴안을 수 있습니다. 이미 말씀드렸듯이 한 번만 펜을 갈기면 되는 일입니다." 다시금 울음이 솟구쳤다. 그렇지만 등을 돌리면서 나는 그에게 떠나라고 손짓했다.

이 순간 너무 근심한 나머지 여기까지 내 흔적을 찾아 나섰던 벤델이 나타났다. 충실하고 마음씨 고운 벤델은 나와 내 그림자를 발견하고는 울음을 터뜨렸다. 그러고는―이 점은 틀림없었는데―그 회색 옷 입은 기이한 놈의 손아귀에 내 그림자가 놓여 있는 것을 보자, 그는 즉시 폭력을 써서라도 나의 귀한 물건을 되찾아주려고 결심했다. 벤델은 자신이 그 부드러운 그림자를 어떻게 다루어야 할지 몰랐기에 우선 그 남자를 말로 공격했다. 질문을 던지기보다는 우선 내 물건을 즉시 돌려줄 것을 요구했다. 그러나 회색 옷입은 남자는 아무 대답 없이 그 순진한 벤델에게 등을 돌리면서 가려고 했다. 그러자 벤델은 자신이 갖고 있던 십자가 모양의 가시 몽둥이를 들고서 그의 발꿈치까지 따라갔다. 그림자를 다시 돌려달라는 말을 반복하면서 벤델은 온 힘을 다하여 자신의 힘센 팔로 그를 가차 없이 내려치려 했다. 그러나 그 남자는, 마치 그런 공격에 익숙하다는 듯, 머리를 숙여 살짝 피하고는 말없이 조용히 저편으로 발걸음을 옮겼다. 물론 내 그림자와 충실한 벤델을 농락하면서……. 오랫동안 들판을 통해 들려오는 그의 어두운 소리가 들렸고, 마침내 그는 저 멀리 자취를 감추었다. 불행한 마음으로 나는 이전처럼 다시 쓸쓸해졌다.

6

　황량한 들판에 홀로 남은 나는 많은 눈물을 흘렸으며, 내 초라한 마음은 알 수 없는 불안한 압박감에서 가벼워졌다. 이 북받치는 초라한 상태가 어떤 한계에 부딪힐지, 어떤 결말을 맞게 될지, 그리고 어떤 목표에 다가갈지 전혀 알 수 없었다. 그 미지의 남자가 내 상처에 부어놓은 새로운 독을 나는 격렬한 갈증으로 다시 마셨다. 미나의 모습을 떠올렸다. 치욕스러운 마음으로 마지막에 보았던 모습 그대로, 창백한 얼굴로 눈물을 흘리는 사랑스럽고 귀여운 여인의 모습이 내 앞에 떠올랐다. 그 순간 비웃는 듯한 라스칼의 파렴치한 모습이 나와 그녀 사이를 갈라놓았다. 나는 얼굴을 감싼 채 황량한 들판을 가로질러 도망갔다. 그 끔찍한 모습은 나를 자유롭게 해주지 않고 계속 따라왔다. 나는 너무 숨차서 바닥에 주저앉았고, 다시 넘쳐흐르는 눈물이 땅을 적셨다.

모든 것이 그림자 때문이야! 펜을 한 번 갈기면 그림자를 다시 얻을지도 모르지. 나는 그 괴상한 제안과 그것을 거부했던 일을 다시 생각해보았다. 내 마음은 황량했고 더 이상 판단력이나 이해력을 갖추지 못했다.

낮이 지났다. 들판의 열매로 허기를 달래고 가까운 산에서 흘러 내려오는 물을 마시면서 갈증을 식혔다. 어둠이 찾아왔고 나무 밑에서 밤을 지새웠다. 잠자는 동안 내가 마치 죽어가는 순간처럼 숨을 어렵게 내쉬고 있다는 생각이 들었다. 아침의 촉촉한 기운이 나를 깊은 잠에서 깨웠다. 벤델이 내 흔적을 발견하지 못한 게 틀림없었고, 그렇게 생각하니 다행이었다. 나는 사람들을 항상 두려워했고 그들로부터 도망쳐야 했기에 그들에게로 돌아가고 싶지 않았다. 그들은 마치 산에 사는 무서운 들짐승과도 같았다. 그렇게 불안한 심정으로 사흘을 지냈다.

나흘째 아침 나는 모래로 뒤덮인 평야에 도착했다. 거기에는 태양이 빛나고 있었다. 빛나는 태양을 쐬면서 작은 바위에 걸터앉았다. 오랫동안 맛보지 못했던 태양의 풍경을 기분 좋게 즐겼다. 조용히 내 가슴을 절망으로 채웠다. 그때 나직한 소리에 나는 움찔 놀랐고, 도망칠 준비를 하면서 주위를 둘러보았지만 아무도 없었다. 그러나 햇빛이 빛나는 모래 위에 어떤 인간의 그림자가 나를 슬며시 지나쳐 갔으며, 그것은 내 그림자의 모습과 전혀 닮지 않은 것은 아니었다. 혼자 방황하는 저 그림자도 자신의 주인으로부터 떨어져 나온 것처럼 보였다.

그때 "그림자야, 너 혹시 주인을 찾는 거니? 내가 네 주인이 되고 싶구나" 하는 강한 충동이 들었고, 나는 그 그림자를 내 것으로 삼기 위해 뛰어갔다. 그 그림자의 흔적을 밟으면, 그래서 그림자가 내 발밑으로 온다면, 그 그림자는 내게 붙게 되고 시간이 흐르면 내게 잘 적응할 것이라고 생각했다.

그러나 내 움직임을 보자 그 그림자는 내게서 도망쳤다. 나는 사뿐히 도망치는 그림자를 힘겹게 뒤쫓기 시작했다. 저 그림자가 내가 처한 무시무시한 상황으로부터 나를 구원해줄 수 있을 것이라는 생각에서 나는 온 힘을 다해 쫓아다녔다. 그림자는 약간 떨어진 숲으로 달아났는데, 숲의 어두운 그늘 속에서 하마터면 그림자를 놓칠 뻔했다. 나는 그것을 보았다. 놀라움이 내 가슴을 건드렸고 호기심을 부추겼으며, 날개가 달린 듯 재빨리 뛰었다. 분명 나는 그림자 근처까지 살금살금 가까이 다가갔다. 그런데 갑자기 그림자가 정지하더니 내 쪽으로 방향을 바꿨다. 나는 마치 사냥감을 노리는 사자처럼 힘차게 뛰어서 그림자를 잡으려 했다. 그런데 뜻밖에도 나는 어떤 몸 덩어리의 저항력에 세게 부딪쳤다. 내겐 보이지 않았지만 아주 강하게 옆구리를 한 대 얻어맞았다. 인간이라면 느낄 수 있는 그런 옆구리 차기였다.

너무 놀란 나머지 나는 경련을 일으키듯 내 앞의 보이지 않는 것을 팔로 감싸 안아 꽉 붙잡았으며, 재빠른 행동으로 앞을 향해 바닥에 넘겨졌다. 내 밑에는 한 남자가 깔려 있었고, 나는 그를 뒤쪽에서 꽉 잡았던 것이다. 그러자 그는 비로소 모습을 드러냈다.

이제야 모든 일이 자연스럽게 설명될 수 있었다. 투명 인간으로 만들어주는 새집을 갖고 다니던 그 남자가 그것을 떨어뜨린 게 틀림없었다. 전설적인 그 새집은 그 새집의 소유자만을 보이지 않도록 해주었을 뿐 소유자의 그림자는 여전히 보였던 셈이다. 나는 주위를 둘러보았고 그 보이지 않는 새집의 그림자를 발견하고는 잽싸게 뛰어올라서 그 귀중한 보물을 놓지 않으려 했다. 그 새집을 손에 쥐게 되자 나는 이제 그림자조차 없는, 보이지 않는 사람이 되었다.

빠르게 몸을 일으킨 그 남자는 즉각 자신을 제압한 나를 찾으려 둘러보았다. 태양이 빛나는 넓은 평야 위에서 그는 나를 발견할 수 없었다. 혹시나 하는 마음으로 그는 그림자가 있는 방향을 향해 불안하게 둘러보았지만 아무것도 찾을 수 없었다. 그도 그럴 것이 나는 본래 그림자를 갖고 있지 않았기 때문이었다. 그는 그 점을 깨닫는 여유도 갖지 못했고 또한 추측조차 하지 못했다. 아무런 흔적도 찾을 수 없다고 확신했는지 그는 극도의 절망감으로 자신의 손으로 머리를 쥐어뜯었다. 뜻밖에 얻은 보물로 나는 다시금 사람들 속에 섞일 수 있다는 가능성과 욕망을 가졌다. 물론 비열한 절취 행위를 미화시키고 있는 나 자신에 대한 질책감이 없지는 않았다. 아니, 오히려 그럴 필요를 느끼지 않았다. 모든 생각에서 벗어나기 위해 나는 그 불행한 남자를 더 이상 쳐다보지 않고 서둘러 떠났다. 그 남자의 불안에 잠긴 목소리가 내 뒷전에 오랫동안 울려왔다. 그렇게 당시 사건의 온갖 정황만이 최소한으로 남아 있었다.

나는 미나 아버지 집으로 황급히 달려갔다. 그 회색 옷 입은 증오스러운 남자가 내게 알려주었던 것의 진위를 스스로 직접 확인하기 위해서였다. 내 위치를 전혀 알 수 없었기에 나는 근처를 조망하기 위해 가까운 언덕으로 올라갔다. 언덕 정상에서 보니 작은 마을과 산림국장 집이 내 발밑에 놓여 있었다. 가슴이 두근거렸고, 지금까지 흘렸던 눈물과는 완전히 다른 종류의 눈물이 흘러내렸다. 나는 그녀를 다시 만나야만 했다. 불안한 갈망이 그 집을 향해 나아가는 길 위에서 내 발걸음을 재촉했다. 보이지 않는 모습으로 나는 마을을 다녀왔던 몇 명의 농부를 스쳐 지나갔다. 그들은 나, 라스칼,

산림국장에 관한 이야기를 나누고 있었다. 그 어떤 것도 듣고 싶지 않았기에 나는 서둘러 지나쳤다.

기대감의 전율을 느끼면서 나는 정원으로 들어섰다. 마치 어떤 웃음소리가 내게 들려오는 듯했다. 몸서리를 치며 주위를 빠르게 둘러보았다. 그 누구도 발견할 수 없었다. 몇 걸음 더 앞으로 나아가자 내 옆에서 마치 인간의 발자국 같은 소리가 나는 듯한 느낌이 들었다. 아무것도 보이지 않았다. 나는 환청을 듣고 있다고 생각했다. 이른 아침이었고, 페터 백작이라는 이름의 정자에는 아무도 없었으며 정원도 텅 비어 있었다. 잘 알고 있는 그 길을 지나서 나는 건물 가까이 갔다. 같은 소리가 나를 따라오고 있음을 더욱 분명히 들을 수 있었다. 나는 불안한 마음으로 햇빛이 드는 집 앞 문가에 놓여 있는 의자에 앉았다. 보이지 않는 어떤 요괴가 비웃는 웃음소리를 내며 내 옆에 앉아 있는 듯한 생각이 들었다. 열쇠가 움직이면서 문이 열렸다. 미나 아버지가 손에 서류를 들고 나왔다. 머리 위로 안개가 스쳐 지나가는 듯한 느낌이 들었고, 나는 주위를 둘러봤다. 이럴 수가! 그 회색 옷 입은 남자가 나를 향해 악마 같은 웃음을 지으며 내 옆에 같이 앉아 있었다. 그는 내 머리 위에 자신의 마술 두건을 올려놓았고, 그러자 그의 발밑에는 그의 그림자와 내 그림자가 평화스럽게 함께 놓여 있었다. 그는 내게 서명을 요구했던 양피지를 손에 쥐고서 아무렇게나 장난치고 있었다. 미나 아버지는 정자 그늘에서 서류에 몰두한 채 왔다 갔다 했다. 회색 옷 입은 남자는 내 귓가로 다정스럽게 몸을 굽히 더니 몇 마디를 속삭였다.

"결국 이렇게 당신은 저의 초대를 받아들인 셈이며, 우리 는 한 개의 마술 두건으로 함께 있는 것입니다! 아주 정말 멋지지요! 멋진 일입니다! 자, 이제 나의 새집을 돌려주시 지요. 당신은 그것을 더 이상 필요로 하지 않을 것입니다. 당신은 너무 성실한 분이니 제게서 그것을 빼앗아가지는 않으시겠지요. 하지만 감사하실 필요는 없습니다. 맹세코 저는 그것을 마음에서 우러나와 당신에게 빌려드렸던 것입 니다."

그는 강압적으로 내 손에서 새집을 빼앗아 자기 주머니에 집어넣었다. 그러곤 다시 나를 비웃었다. 너무 큰 소리로 비 웃었기에 미나 아버지가 숲을 향해 둘러보았다. 나는 돌처 럼 굳은 듯이 앉아 있었다.

"당신은 인정하셔야 합니다" 하고 그 회색 옷 입은 남자 는 말했다.

"이 마술 두건이 훨씬 더 편하다고 말입니다. 이 마술 두 건은 그것을 쓰고 있는 사람과 그 그림자까지 숨겨주며, 더 욱이 동행하고 싶은 이들을 모두 숨겨주지요. 자, 보세요,

오늘 저는 이 그림자 둘을 모두 데리고 다닙니다." 그는 다시 웃었다.

"슐레밀 씨, 명심하세요. 착한 마음에서 우리가 처음에 원치 않았던 일도 결국 나중에는 어쩔 수 없이 하게 되는 법입니다. 저는 여전히 당신이 저에게서 그 물건을 사서 신부를 되찾을 수 있다고 생각하며(아직도 시간은 있습니다), 또한 우리는 저 나쁜 라스칼 녀석을 교수형에 처해야만 합니다. 끈이 부족하지만 않으면 그런 일은 식은 죽 먹기 아닙니까. 자, 저는 당신에게 이 모자까지도 팔겠습니다."

미나 어머니가 밖으로 나왔고 그들의 대화가 시작되었다.

"미나는 뭐 하고 있소?"

"울고 있어요."

"한심한 아이 같으니! 이젠 어쩔 수 없는데 말이야!"

"물론 어쩔 수 없지요. 그런데 그 아이를 그렇게 빨리 다른 이에게 넘기려 하다니…… 당신은 정말이지 자식에게 너무 잔인해요."

"여보, 당신이야말로 사정을 잘 모르고 있소. 어린애 같은 눈물을 빨리 그치고 다른 돈 많은 존경받는 사람의 부인으로 처신할 때 비로소 미나는 끔찍한 꿈 같은 자신의 고통으로부터 하루빨리 깨어나서 회복될 수 있어요. 나중엔 하느님과 우리들에게 고마워할 거요. 그 점을 당신도 알아야

해요!"

"하느님의 가호가 있기를 빌어야겠어요!"

"물론 미나도 재산이 있지만, 세인의 주목을 끌었던 그 기이한 녀석과의 불행한 사건이 일어난 후—당신은 이 점을 알아야 하는데—다행히도 라스칼 씨가 나타났소. 그는 미나에게 어울리는 신랑감이에요. 그 라스칼 씨가 얼마나 많은 재산을 소유하고 있는지 알기나 하오? 아무 빚 없이 그는 금화 6백만의 현금으로 이곳 부동산을 매입했단 말이오. 여기 내 손안에 그 서류가 있어요. 그는 나보다 앞서 가장 좋은 땅을 매입한 사람이에요. 그 밖에도 그는 욘 씨로부터 받을 금화 250만 가량의 전표 서류도 갖고 있어요."

"엄청난 돈을 훔친 모양이군요."

"그게 무슨 소리요! 돈을 쓸 때 현명하게도 잘 절약했겠지."

"그래도 하인이었잖아요!"

"멍청한 사람 같으니, 그래도 그 사람은 그 누구도 탓할 수 없는 그림자를 갖고 있잖소."

"하긴 당신 말도 맞지만요."

회색 옷 입은 남자는 웃으면서 나를 응시했다. 문이 열리더니 미나가 밖으로 나왔다. 그녀는 시녀의 팔에 기대고 있었고 아름답고 창백한 뺨 위로 조용히 눈물이 흘러내렸다. 보리수나무 아래에 있는 안락의자에 앉자 미나 아버지가 그녀 옆으로 다가와 앉았다. 미나 아버지는 그녀의 손을 부드럽게 잡았다. 더욱 크게 울음을 터뜨리는 그녀에게 그는 부드럽게 말을 건넸다.

"사랑스러운 착한 아이야. 제발 정신을 차리고, 네 행복을 바라는 이 늙은 아비의 마음을 아프게 하지 말아다오. 물론 네가 큰 충격을 받았을 것이라고 나도 알고 있단다. 다행히 크나큰 불행에서 벗어나지 않았니! 네가 그 자격 없는 놈을 사랑하고 난 후에야 우리는 뒤늦게 그 수치스러운 사기를 발견했구나. 그래, 미나야, 제발 스스로를 책망하지 말거라. 그 녀석을 위대한 남자로 여겼던 동안에는 나 자신도 그를 좋아하기는 했지. 그러나 너도 이제는 사정이 다르게 변했음을 깨달아야지. 어처구니없는 일이야! 모든 강아지도 그림자를 갖고 있지 않니. 사랑하는 내 딸이 어찌 그런 남자를! 안 돼, 그런 녀석일랑 정말 생각도 말거라. 자, 미나야. 어떤 분이 너에게 청혼을 했구나. 그분은 태양을 피하지 않아도 되는 매우 존경받는 인물이란다. 물론 영주는 아니지만 그분은 천만 냥을 갖고 있단다. 네가 갖고 있는 재산의 열 배는 넘을 거야. 그리고 내 딸을 행복하게 해줄 사람이지. 착하고 어진 미나야, 제발 아무 대꾸도, 반항도 하지 말아다오. 그리고 사랑하는 아비가 자식을 위해 걱정할 수 있도록 해다오. 눈물을 닦으렴. 라스칼 씨에게 손을 내밀겠다고 약속하렴. 약속한다고 말해주겠니?"

그녀는 생기 없는 목소리로 대답했다.

"저는 아무 의지도 없으며 더군다나 이 세상에서 아무것도 바라지 않아요. 아버지가 원하시는 대로 하세요."

바로 그때 "라스칼 씨가 왔다"는 전갈이 왔고, 녀석은 뻔뻔스럽게 그곳으로 들어섰다. 미나는 기절했다. 회색 옷 입은 증오스러운 동반자가 화가 난 듯 나를 쳐다보면서 재빨리 몇 마디 나에게 속삭였다.

"당신은 저 모든 상황을 그저 참고만 계시는군요! 혈관에 피가 흐르지 않는다면 도대체 당신에게는 무엇이 흐르고 있나요?"

그는 재빨리 내 손에 살짝 상처를 냈다. 내 손에서 피가 흐르자 그는 말했다.

"보세요! 붉은 피를! 자, 서명하십시오!"

나는 양피지와 펜을 손에 쥐고 있었다.

7

사랑하는 벗 샤미소, 자네 판단을 매수하기보다는 오히려 나를 자네 판단에 맡기려 하네. 고통스러운 가책을 가슴속에 지녀왔기 때문에 오랫동안 나 자신에게 가혹한 판결을 스스로 내렸지. 삶의 그 진지한 순간이 내 영혼 앞에서 영원히 부유하고 있고, 의심하는 눈초리로, 굴욕과 후회의 마음으로 나는 그 순간을 쳐다볼 수 있네. 사랑하는 벗이여, 경박한 마음으로 정도에서 벗어난 사람은 불시에 다른 고난의 길로 접어들게 되며, 그 길은 계속 옆으로 그를 벗어나게 만들게 마련이지. 빛나고 있는 하늘의 극성(極星)을 보았음에도 소용이 없고 그에게는 아무런 방책도 없겠지. 그는 계속 비탈길을 내려가야 할 뿐이고, 자신을 복수의 여인 네메시

스에게 바칠 수밖에 없었던 거야. 내게 천벌을 내린 그 성급한 결정 이후 나는 사랑의 죄를 범하면서 결국 다른 이의 운명 속으로 나 자신을 밀어 넣고 말았네. 파멸을 뿌리고 빠른 구원이 요구되는 곳에서는 구원해주려고 맹목적으로 뛰어드는 행동 이외에 다른 방도가 있을까? 마지막 순간이 울렸지. 나를 비열한 자로 생각하지 말아주게. 아델베르트 샤미소, 그 요구된 대가[28]를 소중히 여겼다는 식으로, 내가 돈보다 본래의 나의 어떤 것[29]을 더 많이 아꼈다고는 생각하지 말아주게. 그건 아니네, 아델베르트. 어쨌든 비틀어진 길 위에서 내게 다가오는 저 수수께끼 같은 음흉한 놈에 대하여 내 마음은 극복키 어려운 증오심으로 가득했지. 내가 녀석을 오해하고 있을지도 모르겠지만, 어쨌든 녀석과 그 어떤 관계를 맺는 것조차 분노를 불러일으키더군. 종종 내 삶에서나 세계사에서도 그렇듯이, 여기서도 사건이 행동의 자리에 들어선 거야. 나중에 나는 나 자신과 화해했지만, 처음에는 필연성을 받아들일 것을 배웠지. 이미 벌어진 행위, 일어난 사건이란 필연성에 의한 것일 뿐, 다른 무엇이 더 있겠는가! 나는 필연성을 현명한 섭리로 받아들이는 것을 배웠지. 즉

---

28 영혼을 가리킨다.
29 영혼을 가리킨다.

전체의 거대한 움직임에 의해 스쳐 지나가는 섭리로서 말이야. 우리는 단지 동일하게 수동적으로 작동되는 동시에 능동적으로 작동하는 수레바퀴로서 그 안에 물려 있을 뿐이지. 존재해야만 하는 것이 일어나는 것이고, 존재해야만 했던 것이 일어났던 것이며, 그러한 섭리 없이는 그 어떤 것도 일어나지 않아. 마침내 내 운명에서, 그리고 내 운명을 공격하는 이들의 운명 속에서 나는 그러한 섭리의 수용을 배웠던 거야.

강력한 느낌이 밀려들어오는 가운데 나타나는 마음의 긴장 탓으로 돌려야 할지, 아니면 지난 며칠 동안 보낸 익숙지 않은 궁핍한 기간에 약해진 육체적 힘의 소진 탓으로 돌려야 할지, 아니면 가까이 있던 그 회색 옷 입은 괴물이 온몸에 일으킨 파멸적인 소용돌이 탓으로 돌려야 할지 나는 영문을 몰랐다. 아무튼 서명이 요구되었을 때 나는 졸도한 채 오랫동안 인사불성의 상태에 빠져 있었다.

의식을 되찾았을 때 내 귓전에 와 닿았던 첫번째 소리는 발로 땅을 치는 소리와 저주하는 목소리였다. 눈을 뜨자 주위는 이미 어두워 있었다. 그 증오스러운 동반자는 나를 꾸짖는 데 몹시 안달이었다. "늙은 아낙네처럼 굴지 마세요. 정신 차리고 자신의 결심을 새롭게 행동으로 옮기세요. 다르게 생각했다면 차라리 흐느껴 울든가?" 누워 있던 땅 위에서 어렵게 몸을 일으키면서 나는 말없이 주위를 둘러보았다. 늦은 저녁이었다. 밝은 불이 켜져 있는 산림국장 집에서는 축제처럼 음악이 흘러나왔고, 무리를 지은 사람들이 정원의 통로로 지나다녔다. 이야기를 나누는 한 쌍이 가까이 다가와 내가 예전에 앉았던 벤치에 자리를 잡았다. 그들은 오늘 아침에 거행된 돈 많은 라스칼 씨와 미나의 약혼식에 대해 이야기를 나눴다. 결국 일이 벌어진 것이었다.

막 내게서 사라지려는 회색 옷 입은 남자의 마술 두건을 나는 내 머리에서 손으로 치워버렸고, 말없이 숲의 어두운 밤 속으로 몸을 숨기면서 페터 백작이라고 불리는 정자의 길을 따라 정원의 출구 쪽으로 서둘러 갔다. 나를 괴롭히는 녀석도 보이지 않는 모습으로 뒤따라오면서 신랄하게 말했다.

"신경 쇠약한 남자를 하루 종일 간호한 저의 노력에 대한 대가가 이것이군요. 결국 놀이에서 멍텅구리에게 진 셈이네요. 좋아요, 고집쟁이 양반. 그래, 저를 피해서 도망쳐보세요. 어쨌든 우리는 서로 떨어질 수 없는 사이입니다. 당신은 제 금을 가져갔고, 저는 당신의 그림자를 가졌지요. 그 때문에 우리들은 결코 서로 잘 지낼 수 없을 것입니다. 그림자가 그 주인으로부터 버림을 받았다는 말을 들어본 적이 있나요? 당신이 고맙게도 그림자를 다시 받을 때까지, 그리고 저 또한 그 그림자에서 벗어날 때까지, 당신의 그림자는 계속 당신을 뒤쫓을 것입니다. 즐거운 마음으로 해야 할 일을 당신은 매번 놓치고 있는 셈이며, 당신은 아마도 나중에 뒤늦게, 물론 넌더리 나고 지루한 나머지 뒤늦게 서명하게 될 것입니다. 누구나 자신의 운명에서 달아날 수 없는 법입니다."

그는 같은 목소리로 계속해서 말했고, 나는 도망쳤지만 헛수고였고 그는 줄기차게 계속 따라왔다. 그는 조소하듯 금과 그림자에 대해 이야기했다. 나는 그 어떤 생각도 해낼 수 없었다.

사람들이 전혀 없는 길거리를 통해 나는 집으로 향하는 길을 걸어갔다. 집에 도착했을 때 나는 그것이 내 집인지 전혀 알 수 없었다. 부서진 창문 안쪽에는 빛이 켜져 있지 않았다. 문은 닫혀 있었고 하인들의 움직임은 전혀 엿볼 수 없었다. 그가 내 옆에서 크게 웃었다. "자, 어서 들어가보세요. 물론 당신의 벤델은 집에 있을 겁니다. 얼마 전 사람들이 지쳐 있던 벤델을 집으로 데려왔고, 이후 그만이 집을 지키고 있습니다."

그는 다시 웃었다. "벤델은 아마도 할 얘기가 많을 것입니다. 그럼 오늘 밤 안녕히 계십시오. 다시 만날 때까지."

나는 종을 몇 번 울렸다. 불이 켜지면서 벤델이 누구냐고 안에서 물었다. 마음씨 고운 그는 내 목소리를 알아차리자 자신의 기쁨을 억누르지 못했다. 문이 열렸고, 우리는 울면서 서로를 껴안았다. 그는 많이 변해 있었고 힘없고 병들어 보였다. 내 머리도 아주 하얗게 희어버렸다.

그는 황량한 방들을 지나 잘 보호되어 있던 내실로 나를 데리고 갔으며 먹을 것과 마실 것을 가져왔다. 자리에 앉자 그는 다시 울먹거리기 시작했다. 그는 다음과 같이 전했다. 자신은 최근 내 그림자를 가진 그 회색 옷 입은 남자를 멀리까지 쫓아갔고, 결국은 내 흔적을 잃어버린 채 피곤함에 쓰러졌다고 했다. 나를 찾지 못하고 집으로 다시 왔지만, 라스칼의 선동으로 폭도들이 집으로 몰려와 창문을 부수면서 그들의 파괴욕을 마음껏 발산했다는 것이다. 그런 식으로 폭도들은 자신들을 보살펴주었던 백작을 폭행하려 했다고 벤델은 전했다. 하인들도 뿔뿔이 흩어졌다고 했다. 이곳 경찰은 나를 의심스러운 사람으로 간주하고는 이 도시에서 추방령을 발표했고, 이 도시를 떠나도록 내게 스물네 시간의 유예시간을 주었다고 했다. 또한 라스칼의 재산과 결혼에 관해 내가 알고 있었던 점 이외에도 벤델은 많은 이야기를 덧붙여 말해주었다. 그간 나에게 불리했던 모든 일은 바로 그 라스칼 녀석 때문이었다고 했다. 그 악한은 처음부터 내 비밀에만 몰두했다고 한다. 즉 그는 금에 유혹되어 내게 접근했던 것처럼 보이며, 처음에는 상자에서 금을 끄집어내기 위한 열쇠를 조달했고, 그것으로 재산의 토대를 마련한 후에는 재산 증식을 업신여길 정도가 되었다고 했다.

　벤델은 하염없이 눈물을 흘리면서 그 모든 일을 내게 이야기했다. 또한 나를 다시 만나 다시 모실 수 있다는 기쁜 마음에서 이따금 눈물을 흘리기도 했다. 불행이 나를 어디론가 데려갔을지도 모른다고 절망했지만, 이제 차분한 상태로 있는 나를 보고 기쁜 마음으로 눈물을 흘렸다. 그런 벤델의 모습은 내게서 절망감을 모두 가져갔다. 나는 비참한 상황에 대해 이미 모든 눈물을 다 쏟은 상태였으며, 그 상황은 너무나 크고 달리 바꿀 수 없다는 점을 잘 알고 있었다. 나는 더 이상 울부짖는 소리를 쏟을 수 없었다. 아무것에도 개의치 않는 냉정한 마음으로 모자를 벗고서 벤델에게 다가갔다.

　"벤델," 하고 나는 말했다. "자네는 내 운명을 잘 알 걸세. 나는 옛날의 과오 때문에 무거운 벌을 받고 있는 것일세. 자네는 아무런 죄가 없네. 그러니 더 이상 자네의 운명을 내 운명에 얽어매지 말게나. 나는 그것을 원치 않네. 나는 오늘 밤 이곳을 떠나려 하네. 그러니 말에다 안장을 놔주게. 나 혼자 가려 하니 자네는 여기 남아주게. 내가 바라는 것일세. 여기 몇 개의 금 상자가 있으니 그것을 받아주게. 나는 혼자 정처 없이 이 세상을 떠돌아다닐 걸세. 언제 밝은 시간이 내게 다시 미소를 던질 때면, 그리고 모든 것이 용서되어 내가 다시 행복해지면 나는 자네를 진심으로 생각할 걸세. 그 어렵고 고통스러운 시간 동안 내가 실컷 울 수 있을 정도로 자네의 진실한 가슴은 큰 의지가 되었네."

터질 듯한 마음으로 그 성실한 벤델은, 물론 내심 너무 놀랐지만, 자기 주인의 마지막 명령에 순종했다. 나는 그의 청이나 제안에 귀를 막았고 그가 흘리는 눈물을 쳐다보지 않았다. 그는 내 앞으로 말을 끌고 나왔다. 나는 눈물을 흘리는 벤델을 다시 한번 끌어안고는 말안장에 올라 어둠을 틈타서 내 인생의 무덤으로부터 멀어져갔다. 말이 나를 어디로 데려갈지에 대해서는 아무 생각도 하지 않았다. 나는 이 세상에서 더 이상 그 어떤 목적도, 소망도, 희망도 갖지 않았다.

8

길을 가던 나그네가 이내 나와 합류했다. 그는 한동안 내 말 옆에서 걸어오다가 같은 길을 가는 것이 아니냐면서 자신이 입고 있던 외투를 내 말 위에 올려놓아도 되는지 내게 청했다. 나는 말없이 그렇게 하라고 했다. 그 사소한 호의에 대해 그는 가벼운 인사로써 내게 감사를 표했고, 내가 탄 말에 감탄하면서 부자들의 권력과 행복을 찬양하는 기회로 삼더니 혼자 중얼거리기 시작했다. 어찌 된 영문인지 몰라도 나는 그의 독백을 경청하고 있었다.

그는 인생과 세상에 관해 자신의 견해를 펼쳤으며, 곧 모든 수수께끼의 해결인 궁극적인 언어를 발견해야 한다는 요청이 담긴 형이상학으로 화제를 옮겼다. 그는 매우 선명하게 형이상학의 과제를 분석하면서 계속 답변해나갔다.

벗이여, 자넨 알 걸세. 내가 철학자들의 학파를 두루 거치며 익힌 후로, 전혀 철학적 사변을 할 줄 모르는 나 자신을 발견해냈던 점을, 그래서 철학을 완전히 나 자신에게서 없애버렸던 점을 말일세. 나는 이후 많은 것을 그대로 놔두고, 많은 것을 알고 이해하는 것을 쉽게 단념해버렸지. 자네가 지적했듯이, 나는 다만 즉각적인 감각만을 믿고서, 내 힘 안에 놓여 있는 것, 나 자신의 목소리만을 믿고서 내 길을 걸어나갔지. 그런데 언어 마술사 같은 내 동행자는 대단한 재능으로 단단하게 지어진 하나의 건축물을 내게 보여주는 듯했다. 그 건축물은 그 자체로 규정되어 솟아오르는 듯이 보였고, 어떤 내적 필연성으로 존속하는 것처럼 보였다. 다만 내가 그 안에서 찾고 싶었던 것이 그 건축물 안에는 결여되어 있기에 아쉬웠고, 그저 단지 하나의 단순한 예술 작품처럼 느껴졌다. 그럴듯한 완결과 완성을 지닌 예술 작품이 흔히 사람들의 눈을 황홀하게 만들듯이 말이다. 어쨌든 나는 유창하게 떠드는 그 남자의 말을 기꺼이 경청했다. 그는 나로 하여금 자신에게 몰두하도록 했고, 그 덕분에 나는 고통을 잊을 수 있었다. 그가 내 정신과 주의력을 요구했더라도 나는 기꺼이 그를 받아들였을 것이다.

그러는 동안 시간이 흘렀고, 어느새 새벽의 여명이 하늘을 밝게 비추고 있었다. 나는 갑자기 위를 쳐다보았다. 일출을 알리는 장엄한 색깔이 동쪽 방향에서 펼쳐지는 것을 보고는 몹시 놀랐다. 모든 그림자들이 화려하게 펼쳐지는 이 시간에 태양에 저항할 방법은 없었으며, 탁 트인 공간에서는 몸을 숨길 만한 담벼락을 찾을 수 없었다! 나는 혼자가 아니었다! 나를 따라오고 있는 이를 슬쩍 쳐다보았고, 이내 나는 다시금 놀라지 않을 수 없었다. 그는 다름 아닌 회색 옷 입은 남자였던 것이다.

그는 기겁하여 놀라는 나를 보고 웃음을 짓고는 내가 한마디도 할 수 없게끔 즉각 말을 꺼냈다.

"세상의 관습이 그렇듯이, 우리들의 상호 장점을 잠시 연결해보십시다. 언제든지 우리는 헤어질 수 있습니다. 당신이 생각하셨는지는 몰라도, 여기 이 산을 따라 가는 길만이 현자이신 당신이 걸어갈 수 있는 유일한 길입니다. 저기 계곡 아래로 가실 수는 없겠지요. 산을 따라 왔던 길을 당신은 되돌아가고 싶지는 않으시겠지요. 하여튼 이 길도 제가 가야 하는 길이니, 같이 가시지요. 떠오르는 태양 앞에서 당신이 창백해지는 모습을 저는 보았습니다. 우리가 함께 가는 동안 제가 당신의 그림자를 빌려드리고자 합니다. 그 대신 당신은 제 곁에서 참고 계십시오. 당신이 벤델과 동행하지 않고 계시니 제가 당신을 보살펴드리겠습니다. 당신이 저를 좋아하지 않는 점이 유감스럽지만 말입니다. 어쨌든 오히려 당신은 저를 이용하실 수 있습니다. 악마는 사람들의 생각처럼 그리 악하진 않습니다. 어제 당신은 저를 화나게 만들었지만―그 점은 정말 사실인데―오늘 당신에게 그 점을 추궁하고 싶지는 않습니다. 제 덕분에 당신은 여기까지 쉽게 오셨고, 아마도 당신은 그 점을 인정해야 할 것입니다. 어쨌든 잠시 당신의 그림자를 지녀보십시오."

태양이 이미 중천에 떠올랐고 우리 반대편에서 사람들이 길 위에서 다가오고 있었다. 속으로는 적대감이 있었지만 나는 그 제안을 받아들였다. 그는 웃음을 띠면서 그림자를 땅에 미끄러뜨렸다. 그러자 내 그림자는 곧 말의 그림자와 함께 내 옆에서 재미있게 흔들거렸다. 나는 묘한 기분이 들었다. 나는 한 무리의 농부들 곁을 스쳐 지나갔고, 나를 부유층 사람으로 파악했는지 그들은 정중하게 모자를 벗으면서 길을 비켜주었다. 나는 계속 말을 타고 갔다. 탐욕스러운 눈과 벅찬 마음으로 말 위에서 옆에 있는 내 그림자를 살짝 내려다보았다. 내 그림자를 지금 낯선 놈으로부터, 아니 적으로부터 빌려 받고 있다니!

회색 옷 입은 남자는 내 옆에서 태연히 걸으면서 휘파람 노래를 불고 있었다. 그는 걷고 있고, 나는 말을 타고 있지 않은가. 현기증이 났고 유혹은 너무 컸다. 나는 갑작스럽게 고삐를 쥐고는 말의 양쪽 옆구리에 힘차게 박차를 가하면서 매우 빠른 속도로 옆길로 도망가려 했다. 그러나 나는 내 그림자까지 움직일 수는 없었다. 말의 방향을 돌렸을 때 그림자는 오히려 살짝 빠져나와 길 위에서 자신의 합법적인 소유자인 그 회색 옷 입은 남자를 기다렸던 것이다. 수치스러운 마음에서 나는 방향을 돌렸다. 태연자약하게 노래를 끝낸 그 회색 옷 입은 남자는 내게 웃음을 지어 보이고는 다시금 그림자를 내 위치에 제대로 갖다 놓았으며, 합법적인 소유자로서 그림자를 소유해야만 그림자가 나에게 꽉 달라붙어 있을 것이라고 가르치듯 말했다. 그는 말을 계속했다.

"당신을 그림자에 붙잡아두어야만 저에게서 도망가지 않겠지요. 당신처럼 부유한 사람은 그림자를 필요로 하는 법입니다. 당신이 그 점을 일찍 깨닫지 못했다는 점, 그것이 다만 비난받을 일입니다."

지금까지 왔던 길로 나는 여행을 계속해나갔다. 나는 삶의 모든 아늑함과 화려함을 다시 되찾았다. 비록 빌린 그림자였지만 나는 자유로이 가볍게 움직일 수 있었다. 도처에서 나는 재물로써 존경심을 불러일으켰지만, 마음속에는 여전히 죽음을 간직하고 있었다. 세상 사람들에게 자신은 돈 많은 분의 하잘것없는 머슴이라고 말하는 이 기인한 동반자는 정말이지 탁월한 복종술을 발휘했다. 그는 도가 지나칠 정도로 능숙하고 유연했으며 정말이지 부자를 모실 줄 아는 시중의 진수를 보여주고 있었다. 그는 내 옆에서 결코 벗어나지 않았고 계속 내게 말을 걸었으며, 그에게서 벗어나려는 목적에서든지 아니든지 간에 내가 마침내 그림자 거래를 체결하게 될 날이 올 것이라는 대단한 확신을 갖고 있었다. 나는 본래 그를 귀찮아했고 증오했으며, 또한 몹시 두려워하지 않을 수 없었다. 그런데 지금 나는 그에게 완전히 의존해 있었다. 특히 내가 도망쳐 나온 화려한 세상 속으로 그가 나를 다시 인도해온 이후, 그는 정말 나를 붙잡고 있었다. 나는 그가 능숙하게 말을 늘어놓도록 그냥 내버려두었으며, 그가 어쩌면 옳을지도 모른다고 느낄 정도였다. 부자는 이 세상에서 그림자를 소지하고 있어야만 했다. 그리고 그가 중시하도록 유도한 부자의 지위를 내가 지키고 싶을 경우 한 가지 결말[30]은 분명했으며, 그 점은 확실해 보였다. 그러나 내가 내 사랑을 희생하고 삶의 색이 바래진 이후 나는 더 이상 내 영혼을 포기하고 싶지는 않았다. 이 세상의 모든 그림자, 나의 그림자를 준다고 해도 말이다. 이제 모든 일이 어떻게 끝나게 될지 나는 알지 못했다.

---

30 영혼을 파는 것.

우리는 어떤 동굴 앞에 도착했다. 그곳은 산을 여행하는 낯선 사람들이 들르는 곳이었다. 측량키 어려운 깊은 지하에서 물이 흐르는 듯한 소리가 위로 들려왔다. 돌을 던지면 아마도 바닥에 닿지 않을 정도로 끝없이 떨어져 내려갈 것처럼 보였다. 온갖 상상력으로, 아름다운 색깔의 빛나는 매력으로 그는 종종 그랬듯이 세심히 완성된 그림들을 내 앞에 펼쳐 보여주었다. 즉 내가 그림자를 다시 얻고 이 세상에서 마술 주머니의 힘으로 해낼 수 있는 모든 멋진 그림들을…… 무릎에 팔꿈치를 대고 얼굴을 손으로 감싸면서 나는 그 위선자의 말을 듣고 있었다. 달콤한 유혹과 확고한 의지의 두 갈래로 내 마음속은 갈라졌다. 그런 내적인 갈등에 더 이상 시달리지 않으려고 나는 단호히 덤벼들었다.

"여보시오, 일정 조건 하에서 나와 동반하도록 허락했지만, 내가 나 자신에 대한 완전한 자유의 가능성을 갖고 있음을 당신은 잊고 계신 것 같습니다."

"당신이 명령하신다면 제가 짐을 싸서 떠나겠습니다."

그런 위협은 익히 잘 알고 있었다. 나는 침묵했다. 그는 즉시 내 그림자를 다시 말아 올리려 했다. 나는 창백하게 말없이 지켜보고만 있었다. 침묵이 흘렀고, 그가 먼저 말을 꺼냈다.

"당신은 저를 견딜 수 없는 모양입니다. 당신이 저를 증오하고 있는 것을 저는 잘 알고 있습니다. 그렇지만 왜 저를 증오하시나요? 사람들이 다니는 거리 위에서 당신이 저를 덮쳐서 폭력으로 새집을 훔쳤기 때문에 그 일이 마음에 걸려서인가요? 아니면 당신의 성실성 때문에 빌려 받은 그림자, 그 내 재산인 그림자를 당신이 도둑놈처럼 훔쳐가려 했기에 그 일이 마음에 걸려서인가요? 사실 그런 일 때문에 저는 당신을 증오해야 하지만 그러고 싶지 않습니다. 저는 당신이 모든 이익, 즉 꾀와 폭력을 중시하려 하는 그런 점을 당연히 이해합니다. 또한 당신이 아주 엄격한 근본 원칙을 지키려 하는 점도 당연히 이해합니다. 성실성 같은 점을 지키려는 것은 하나의 취향이고, 저는 그에 대해 전혀 반대하지 않습니다. 반면에 저는 사실 당신처럼 그렇게 엄격하지 않습니다. 당신이 보신 대로, 저는 단지 단순하게 행동하는 놈입니다. 한때 욕심을 냈던 당신의 고귀한 영혼을 뺏으려는 목적으로 제가 혹시나 당신의 목을 누른 적이라도 있습니까? 당신의 그림자와 맞바꾸었던 마술 주머니를 되찾기 위해서 제가 누군가를 고용하여 당신을 덮치라고 사주한 적이 있습니까? 당신은 그런 일을 했지만, 저는 모두 너그럽게 용서한 바 있습니다."

이와 같은 그의 말에 나는 아무 말을 하지 못했다. 그는 계속 말했다.

"그래요, 정말 그럴 겁니다! 당신은 저를 견딜 수 없을 것입니다. 저도 그 점을 잘 알고 있고, 그 모든 일에 대해 당신을 더 이상 꾸짖고 싶지 않습니다. 우리는 이제 헤어져야만하며, 당연한 일입니다. 저 또한 점점 당신이 지긋지긋해지기 시작했습니다. 부끄럽게 생각되는 저의 존재에서 완전히 벗어나고 싶으시다면, 제가 당신께 다시 한번 충고를 드리지요. 제게서 이것을 사십시오!"

나는 그에게 마술 주머니를 내밀었다.

"이걸로 지불하겠습니다."

"안 됩니다."

나는 한숨을 쉬며 다시금 말을 이었다. "자, 그만합시다. 우리 이제 헤어집시다. 더 이상 이 세상에서 내 길을 밟지 마십시오. 이 세상 공간은 우리 둘을 위해 각기 충분합니다."

그는 웃으면서 대답했다. "알겠습니다. 가겠습니다. 그런데 가기 전에, 만약 당신이 이 비천한 놈을 다시 부르고 싶으실 경우 어떻게 저에게 신호를 줄 수 있는지를 알려드리겠습니다. 그 경우 당신은 그 마술 주머니를 흔드시기만 하면 됩니다. 그러면 수많은 금화가 그 안에서 소리를 낼 것이고, 그 금화 소리가 저를 즉각 불러낼 것입니다. 누구나 이 세상에서 자신의 이득을 생각하는 법이지요. 제가 당신의 이득에 대해 항상 신경 쓰고 있다는 점을 당신은 잘 알고 계실 겁니다. 저는 당신께 분명 새로운 힘을 열어줄 수 있습니다. 그리고 이 주머니! 설사 종벌레들이 당신의 주머니를 갉아 먹더라도, 그 주머니는 우리 사이를 연결해주는 튼튼한 끈이 될 것입니다. 자, 제 금화로써 당신은 저를 갖고 있는 것과 같으며, 멀리서라도 당신의 하인인 저에게 명령을 내려주세요. 제가 제 친구들에게 언제나 봉사할 준비를 하고 있음을 당신은 잘 알고 계실 것입니다. 특히 부자들이 저와 좋은 관계를 맺고 있지요. 당신은 몸소 그 점을 잘 보셨을 것입니다. 다만 이미 말씀드린 바 있듯이, 당신의 그림자는 오로지 한 가지 조건 하에서만 되찾을 수 있습니다."

지난 시절의 여러 모습들이 내 마음속에 떠올랐다. 나는 그에게 재빨리 물었다. "당신 혹시 욘 씨의 서명도 갖고 있습니까?"

그는 웃었다. "그런 착한 친구와는 아무런 어려움이 없었습니다."

"맙소사, 그는 어디 있나요? 알고 싶소!"

그는 주저하면서 손을 주머니에 집어넣었으며, 거기서 몇 개의 머리카락을 끄집어내자 토마스 욘의 창백하고 일그러진 얼굴이 나타났다. 그의 창백한 주검의 입술이 힘들게 움직이더니 다음과 같은 말을 했다. "신의 정의로운 심판으로 나는 처형당했다. 신의 정의로운 심판으로 나는 저주를 받았다."

　나는 너무 무서웠고, 재빨리 금화 소리를 내는 마술 주머니를 깊은 물속으로 내던지면서 그에게 마지막 말을 던졌다. "신의 이름으로 맹세컨대, 이 끔찍한 놈아, 이곳에서 꺼지고 결코 내 눈앞에 모습을 드러내지 말거라!"

　그는 불쾌한 듯 몸을 일으키고는, 풀이 무성하게 자란 그곳을 막아주었던 커다란 바위 뒤로 즉시 사라졌다.

9

나는 그림자 없이, 돈도 없이 그곳에 앉아 있었다. 그러나 내 가슴에서부터 무거운 짐의 무게가 없어진 듯 기분은 맑아졌다. 내가 사랑을 잃지 않았더라면…… 사랑을 상실해서 비난받을 만하다고 스스로 느끼지만 않았더라면…… 나는 아마도 행복하게 존재할 수 있었을 것이리라. 어쨌든 나는 무엇을 시작해야 좋을지 몰랐다. 나는 바지 주머니를 뒤지고는 몇 푼의 금화를 발견했다. 나는 그것을 세어보고 웃음을 지었다. 내 말을 묶어둔 저 아래 여관으로 되돌아가는 것이 나는 수치스러웠다. 나는 그저 태양이 지기를 기다려야만 했다. 아직 태양은 중천에 높이 떠 있었다. 가까운 나무 밑에 누워 조용히 잠을 청했다.

기분 좋은 꿈 속에서 우아한 형상들이 신선한 춤과 함께 뒤섞였다. 머리에 화환을 쓴 미나가 내 옆으로 지나가면서 다정히 내게 웃음을 지었다. 성실한 벤델도 꽃으로 치장을 했으며 다정스럽게 인사를 하며 서둘러 지나갔다. 많은 것을 보았는데, 내 생각으론 자네 샤미소도 저 멀리 혼잡 속에서 보였던 것 같아. 밝은 빛이 들어왔고, 그 누구도 그림자를 가진 사람이 없었어. 더욱 이상했던 점은 그것이 그리 기분 나쁘지 않았다는 거야. 꽃, 노래, 사랑, 그리고 종려나무 숲속에서의 기쁨. 나는 움직이는, 가볍게 불어오는 사랑스러운 모습들을 붙잡을 수도, 가리킬 수도 없었지. 그러나 나는 그러한 꿈을 기꺼이 꾸고 싶었고, 깨어나지 않기 위해 나 자신을 붙잡아두고 있었어. 사실 실제로 나는 깨어 있었지만 눈을 감고 있었지. 그 부드러운 모습들을 오랫동안 내 마음 앞에 두고 싶어서.

나는 마침내 눈을 떴다. 하늘에 떠 있는 태양은 동쪽에 있었다. 밤새도록 잠이 들었던 모양이다. 이 모든 상황을 나는 여관으로 되돌아가지 말아야 한다는 신호로 받아들였다. 아직 소지하고 있던 것을 그냥 가볍게 내버리고 향후 내게 일어날 것을 운명에 맡기기로 하고, 산을 뒤덮은 산자락의 옆길로 걸어나가기로 결심했다. 나는 뒤를 돌아보지 않았으며, 홀로 놔두고 온 돈 있는 벤델에게로 다시 방향을 되돌릴까 하는 생각조차 하지 않았다. 나는 새로운 인물이 돼서 이 세상에서 살아나가고자 했다. 내 옷차림은 매우 보잘것없었다. 나는 무릎까지 오는 오래된 검은색 외투를 입고 있었다. 그 외투는 베를린에서 갖고 있던 것이었는데 어찌 된 영문인지 몰라도 지금 여행 중에 지니고 있었다. 그 밖에 나는 여행용 모자를 쓰고 있었고 오래된 장화 한 켤레를 신고 있었다. 나는 몸을 일으켜 일어났고, 바로 그 자리에서 마디가 많은 지팡이를 기념 삼아 잘라서 길을 걸어나갔다.

숲에서 나는 늙은 농부를 만났다. 친절하게 인사를 하는 그와 대화를 나눴다. 호기심 많은 여행객처럼 우선 길을 물었고, 이어서 이 고장과 마을 사람들, 그리고 산의 농작물 등 많은 것을 물어보았다. 그는 쉽고 수다스럽게 내 질문에 대답했다. 우리는 계곡물의 하상에 다다랐는데, 그 계곡물은 들판의 넓은 땅뙈기를 지나 황량한 사막으로 이어지고 있었다. 태양이 빛나는 넓은 공간 앞에서 나는 내심 두려운 생각이 들었기에 그 농부에게 앞서 가라고 했다. 위험한 지역의 한가운데서 그는 말없이 멈췄고, 나를 향해 몸을 돌리더니 내게 이 사막에 관한 이야기를 해주었다. 그렇지만 곧 그는 나의 부족한 점을 알아차리고는 자신의 말 도중에 물었다.

"어떻게 된 일입니까. 신사 양반은 그림자를 갖고 있지 않네요."

"유감스럽게도 그렇습니다!" 하고 나는 한숨을 쉬며 대답했다. "아주 오랫동안의 나쁜 병 때문에 손톱, 머리, 그림자까지 모두 빠져버렸습니다. 어르신, 보십시오. 이 나이에 저의 머리카락도 하얗게 되었습니다. 손톱은 매우 짧고, 그림자는 결코 다시 자라나지 않을 것입니다."

"이런! 맙소사!" 하고 그 늙은 농부는 머리를 절레절레 흔들었다. "그림자가 없다니, 정말 흉측스럽군요! 신사 양반이 걸렸던 병은 아마도 심각한 병이었나 보네요." 그러나 그는 자신의 이야기를 계속하지 않았고, 다음번에 나타난 갈림길에서 아무런 말도 하지 않고 내게서 멀리 떠나버렸다. 쓰디쓴 눈물이 다시금 내 뺨에 흘러내렸고 나의 명랑한 마음도 사라져버렸다.

나는 슬픈 마음으로 길을 계속 걸어나갔고, 그 어떤 사람의 흔적도 찾지 못했다. 태양이 빛나는 땅뙈기를 지나가기를 어두운 숲속에서 몇 시간 동안 기다렸는데, 그것은 내가 지나가는 모습이 사람들의 눈에 발각되지 않기 위해서였다. 저녁때 나는 마을에 숙소를 잡고자 했다. 실은 산에 있는 탄광으로 가고자 했는데, 땅 밑에서 일할 수 있을 것으로 생각했기 때문이었다. 생계비를 스스로 벌어야만 하는 것이 내가 처한 현재 상황이었지만, 그 점을 차치하더라도 아주 힘든 일을 해야만 절망적인 생각으로부터 나 자신을 보호할 수 있다고 생각했기 때문이었다.

며칠 동안 비가 왔고 해가 뜨지 않아 나는 쉽게 길을 나아갔다. 걸어다니는 하인을 위해서가 아니라 페터 백작을 위해서 만들어진 장화였지만, 장화가 닳고 말았다. 밑창이 너무 닳아 거의 발바닥으로 걸어다닐 정도였으며, 새 장화를 구입하지 않을 수 없었다. 다음 날 장이 열린 어느 마을에서 나는 매우 꼼꼼하게 장화를 사려고 나섰다. 어느 가게에서 오래된 신과 새 신 들을 팔고 있었다. 나는 오랫동안 이것저것을 고르면서 흥정을 했다. 기꺼이 갖고 싶었던 한 켤레의 장화는 너무 비싸서 포기해야만 했다. 나는 다른 낡은 장화로 만족해했는데, 그 장화도 제법 괜찮았고 튼튼해 보였다. 그 가게 주인인 예쁘장한 금발의 곱슬머리 소년은 친절하게 웃으면서 현금 몇 푼을 받고서 그 장화를 내 손에 내주었고 행운을 빌어주었다. 나는 즉시 그 장화를 신고서 북쪽의 성문을 향해 걸어갔다.

생각에 깊이 젖어 있었기에 나는 내가 어디로 발걸음을 옮기는지를 거의 알지 못했다. 나는 오로지 탄광에 대해서만 생각하고 있었는데, 가령 오늘 저녁에 도달할 수 있을지, 그리고 그 곳에서 나 자신을 어떻게 밝혀야 할지를 알지 못했기 때문이었다. 2백 번 정도 걸음을 옮겼을 때 나는 길에서 벗어나 있음을 알아차렸다. 주위를 둘러보았다. 어느 황량한 아주 오래된 전나무 숲속에 있었다. 나무꾼의 도끼질 흔적이 전혀 보이지 않는 곳이었다. 나는 몇 걸음 더 앞으로 옮겼다. 단지 이끼와 바위치[31]만이 무성한 황량한 바위들 가운데 나는 서 있었다. 바위들 사이에는 눈과 빙원이 깔려 있었다. 바람은 매우 차가웠고, 주위를 둘러보자 숲은 내 뒤로 사라졌다. 다시 몇 발자국을 옮겼다. 내 주위에는 죽음의 적막함이 깔려 있었고, 금방 얼음이 펼쳐졌고 그 위에 내가 서 있었다. 그곳에는 짙은 안개가 무겁게 내려앉아 있었다. 태양이 지평선 자락에서 붉은빛을 발하고 있었다. 추위는 몹시 견디기 어려웠다. 내게 무슨 일이 일어났는지 알 수 없었다. 차가운 눈서리 때문에 몇 걸음 빨리 움직이자 저 멀리서 물 흐르는 소리가 들렸다. 한 걸음 더 옮기자 대서양의 빙하 물가에 나는 서 있었다. 셀 수 없을 정도로 무수히 많은 물개들이 내 앞에서 소리를 내며 밀물 속으로 돌진하고 있었다. 나는 그 물가를 따라 올라갔으며, 다시금 매끈한 암벽, 땅, 자작나무 숲, 전나무 숲을 보았고, 몇 분 정도 앞으로 달렸다. 숨 막히듯 뜨거워서 주위를 둘러보았는데, 아름답게

---

31 방광 결석 혹은 신장 결석에 약초로 쓰였던 돌의 이끼.

잘 배치된 쌀 농경지와 오디나무 사이에 내가 서 있었다. 그늘에 앉아 시계를 보았다. 나는 고작 15분 전에 시장을 떠났을 뿐이었다. 꿈을 꾸고 있다고 생각하면서 나는 깨어나기 위해 입술을 깨물어보았다. 그러나 꿈이 아니었다. 생각을 집중하기 위해 나는 눈을 감았다. 코에서 나오는 기이한 음절의 웅얼거림이 내 앞에서 들렸다. 나는 눈을 떴으며, 그 복장을 눈여겨보지 않더라도 분명히 알아볼 수 있는 두 명의 중국인이 자신들의 언어로 흔한 인사말을 주고받고 있었다. 나는 일어나서 두 발자국 뒤로 갔다. 그 중국인들은 더 이상 보이지 않았고 풍경도 완전히 변해 있었다. 쌀 농경지 대신에 숲과 나무들이 나타났다. 나는 그 나무들과 내 주위에 피어 있는 약초들을 관찰했다. 내가 발견한 것은 모두 동쪽의 아시아 지역에서 자라는 식물들이었다. 나는 나무를 향해 한 걸음을 옮겼는데, 다시금 모든 것이 변했다. 나는 마치 잘 훈련받은 군대의 신병처럼 걸어갔고, 천천히 확실하게 걸음을 옮겨봤다. 놀랍게도 숲, 평야, 풀밭, 산맥, 황야, 모래사막 등이 마구 변하면서 내 눈앞에 펼쳐졌다. 의심할 여지가 없었다. 나는 한 걸음으로 7마일을 날 수 있는 신기한 장화를 신고 있었다.

10

나는 말없이 경건한 마음으로 무릎을 꿇었고 감사의 눈물을 한없이 흘렸다. 나의 미래가 내 마음속에 갑작스럽게 놓였기 때문이었다. 이전의 죄로 인해 인간 사회로부터 차단되었지만, 그 대신 나는 이제 언제나 좋아했던 자연에 의존하게 되었다. 대지는 나에게 풍요로운 정원처럼 여겨졌고, 자연에 대한 공부를 내 삶의 힘과 방향으로 삼았고, 그 목표는 자연과학이었다. 물론 그것은 내가 내린 결정은 아니었다. 나는 단지 그 원형에 있어서 밝고 완전하게 내 눈앞에 나타나는 것들을 충실히, 말없이 엄격하게, 지칠 줄 모르는 노력으로 서술하려 했으며, 원형과 서술된 것 간의 상호 일치에서 만족감을 찾았다.

일어나서 재빨리 멀리 내다보면서, 나는 내가 향후 수확하게 될 평야를 어느 정도 가져야 할지 살펴보았다. 나는 티베트 언덕 위에 섰고, 몇 시간 전 내 앞에서 떠오른 태양이 여기서는 저녁 하늘로 기울고 있었다. 나는 아시아 동쪽에서 서쪽으로 걸어 나갔다. 아시아의 모든 진행 과정을 다 훑어보고는 아프리카로 나아갔다. 나는 모든 방향에서 반복하여 측정하면서 아프리카를 호기심 있게 둘러보았다. 이집트를 지나면서 모든 피라미드와 성전을 바라보았고, 백 개의 문을 가진 테바이[32]에서 멀지 않은 황야의 어느 동굴을 들여다보았는데 그곳은 한때 기독교 이주자들이 살았던 곳이었다. 갑작스럽게 "여기가 바로 내 집이구나"라는 생각이 확실하고 분명하게 들었다. 나는 한 곳을 내 미래의 거처로 선택했는데, 그곳은 널찍하고 편안했으며 자칼들이 들어올 수 없는 가장 안전한 곳이었다. 나는 여행을 계속했다.

나는 헤라클레스의 기둥[33]에서 유럽을 향해 갔으며, 남쪽과 북쪽 지방을 눈으로 살펴본 다음 북아시아에서부터 북극 빙하 지역을 거쳐 그린랜드와 아메리카를 지나갔고, 그 대륙의 양쪽 지방을 살펴보았다. 이미 남쪽에서 시작된 겨울

---

32 그리스의 보이오티아 지방의 수도.
33 그리스 남부 라코마니아만의 양쪽 산들을 가리킨다.

때문에 나는 재빨리 남아메리카 남쪽 끝에서 다시금 북쪽으로 이동해갔다.

　나는 동아시아 지역이 대낮 동안일 때까지 잠시 머물렀으며, 잠시 휴식을 취한 후 다시 여행을 속개했다. 남미와 북미 대륙을 잇는 안데스산맥과 로키산맥을 지나갔는데, 우리 지구의 매우 높은 그 산맥은 잘 알려진 대로 울퉁불퉁한 형태로 되어 있었다. 나는 천천히 한 봉우리에서 다른 봉우리로 걸음을 옮겼으며, 종종 거친 숨을 내쉬면서 때로는 불길이 치솟는 화산을 넘었고, 때로는 눈이 덮인 둥근 봉우리를 지나갔다. 나는 엘리야산에 도달했고 베링해협을 지나 아시아를 향해 뛰어갔다. 굽이굽이 휘어 있는 해안가들이 즐비해 있는 서쪽 해협을 지나갔으며, 아래 놓여 있는 섬들 중 어떤 섬에 들어갈 수 있는지를 호기심 있게 살펴보았다. 말레이반도 중에서 내 장화는 나를 수마트라, 자바, 발리, 람보크로 옮겨주었다. 그곳에서 나는 작은 섬들과 암석들을 지나 북쪽 보르네오와 에게해 지방의 다른 섬들로 나아가는 통로를 발견하고자 했지만, 종종 위험을 겪었고 허탕 치고 말았다. 나는 희망을 포기해야만 했다. 마침내 람보크섬의 정상에 주저앉았다. 남쪽과 동쪽으로 얼굴을 돌리면서 한계를 발견할 때면 나는 마치 감옥의 굳게 닫힌 창살을 붙잡은 듯이 울음을 터뜨렸다. 대지를 이해하기 위해, 그리고 태양이 빛나는 표면, 식물과 동물의 세계를 이해하기 위해 반드시 필요한 나라인 호주와 산호섬들이 가득한 남쪽 바다로는 이동할 수 없었기에 포기하고 말았다. 결국 본래 내가 수집하고 구축하려 했던 모든 것들은 단순한 파편 조각으로 남을 수밖에 없었다. 오, 나의 아델베르트, 인간이 아무리 노력해도 아무 소용이 없구나!

남아메리카의 남쪽 끝 케이프 혼의 아주 혹독한 겨울에 종종 나는 2백 걸음 정도 떨어져 있는 호주와 테즈메이니아 섬[34]을 향해 남극의 빙하를 넘어 서쪽으로 가려고 시도했다. 돌아오는 것을 신경 쓰지 않은 채, 내 무덤의 관 뚜껑처럼 그 열악한 추운 지방이 내 위를 덮치려 할 때도 나는 바닷물 위의 빙하를 딛고서 어리석은 모험심으로 절망적인 걸음을 내딛었고, 추위와 바다에도 불구하고 시도했지만 결국 헛수고였다. 지금까지도 나는 호주에 가보지 못했다. 그럴 경우 다시 람보크섬으로 되돌아왔고, 산 정상에 주저앉아서 다시금 얼굴을 남쪽과 동쪽을 향해 돌리면서 울음을 터뜨렸다. 마치 감옥의 닫힌 창살을 꽉 붙잡은 듯이.

나는 마침내 이곳을 떠나서 슬픈 마음에 다시 아시아 내

---

34 호주의 일부.

륙으로 들어갔다. 나는 그곳을 계속 다녔으며 서쪽을 향해 아침의 여명을 따라갔고, 그리고 다시금 밤에는 내가 정해 놓은 테바이의 집으로 되돌아왔다. 나는 어제 오후 그 집에 왔었다.

잠시 휴식을 취하자마자, 그리고 유럽에서 낮이 밝아오자 나는 필요한 모든 것을 조달해보려는 첫 번째 근심거리를 해결하기로 했다. 무엇보다도 브레이크가 필요했다. 왜냐하면 대상을 가까이서 편안한 마음으로 관찰하기 위해서는 장화를 벗는 방식 이외에 달리 발걸음 폭을 줄일 수 없었는데, 이 방식은 매우 불편했다. 그래서 한 켤레의 덧신을 겉에 신었고 이는 내가 생각한 대로 효과가 있었다. 나중에 나는 항상 두 켤레의 덧신을 갖고 다녔는데, 식물을 연구하던 중에 사자, 사람, 하이에나가 기습할 경우 장화를 신는 것보다는 신고 있던 덧신을 내던지는 편이 나았기 때문이다. 성능 좋은 내 시계는 날아가는 나의 짧은 이동 시간에도 정확하게 시간 측정을 해주었다. 그 밖에 나침반, 몇 가지 물리적 도구, 책이 필요했다.

이런 모든 것을 갖추고 나는 런던과 파리를 향해 약간은 두려운 여행을 했다. 여행 중 안개가 짙은 그림자를 제공해 주었기에 다행이었다. 갖고 있던 금화의 여분이 바닥났을 때, 쉽게 발견할 수 있는 아프리카의 상아들 중 내 힘이 감당할 수 있는 아주 작은 상아들만을 갖고 와서 팔아 그 비용으로 썼다. 나는 금방 모든 것을 준비해서 갖추었고, 즉시 사적인 연구자로서 나의 새로운 생활 방식을 꾸려나갔다.

나는 대지 위를 살펴보면서 다녔다. 때로는 산 정상을, 때로는 물의 기온과 대기 온도를 재기도 했으며, 때로는 동물을 관찰하고 때로는 식물을 조사하기도 했다. 나는 에콰도르에서 폴란드까지 가기도 했고, 세계의 한 구석에서 다른 구석까지 다니기도 했다. 수많은 경험을 서로 비교하기도 했다. 아프리카 타조 알과 북쪽 지방의 해조 알, 열매들, 특히 열대지방의 야자나무와 바나나들은 나의 일상적인 음식이었다. 행복감이 부족할 때면 나는 그 대용물로 담배를 즐겼고, 인간적 관심과 연대감을 갖기 위해 작고 충실한 푸들의 사랑을 받았다. 그 강아지는 테바이에 있는 나의 동굴을 지켰는데, 내가 새로운 보물을 갖고서 되돌아갈 때면 반가운 듯 내게 달려왔다. 강아지는 내가 이 세상에 혼자가 아니라는 인간적 감정을 느끼게 해주었다. 그런데 한 가지 모험 때문에 나는 인간들 가운데로 되돌아가게 됐다.

11

언젠가 내 장화를 멈추고서 북극 지방의 해변가에서 이끼류와 해초류를 수집하고 있을 때 예기치 않게 암벽 구석에서 북극곰이 나를 향해 다가왔다. 장화 위의 덧신을 벗어 던지면서 나는 재빨리 건너편 섬으로 이동하려 했으나, 파도 속에서 치솟아 오른 중간의 커다란 암벽이 그 길을 막고 말았다. 한쪽 발을 암석에 확실하게 내딛었음에도 나는 다른 쪽에서 바닷물 속에 빠지고 말았다. 다른 쪽 발의 덧신이 예기치 않게 발에 그대로 있어서 날 수 없었던 것이다.

혹독한 추위가 나를 엄습했다. 나는 힘들게 이 위험에서 벗어났고, 다시 땅을 밟게 되자 할 수 있는 한 빨리 햇빛에 몸을 말리기 위해 더운 리비아의 사막으로 날아갔다. 그러나 햇빛에 너무 노출되어 머리끝까지 온몸이 뜨거웠으며, 병든 상태로 다시금 북쪽으로 갈팡질팡 걸어나갔다. 강한 움직임을 통해 다시 원기를 되찾으려고 나는 불안하고 급한 걸음으로 서쪽에서 동쪽으로, 동쪽에서 서쪽으로 달렸다. 낮에서 밤으로, 여름에서 겨울 추위로 나는 왔다 갔다 했다.

이 세상을 얼마나 오랫동안 갈팡질팡 다녔는지 몰랐다. 온몸에 뜨거운 열이 치솟았고 나는 불안한 마음으로 의식을 잃었다. 또한 그렇게 조심스럽지 못하게 달리는 가운데 불행히도 어떤 사람의 발에 부딪히고 말았다. 그에게 고통을 주었음이 분명했고 나도 강한 충격을 받았으며 결국 쓰러지고 말았다.

의식을 되찾았을 때 나는 아늑하고 훌륭한 침대 위에 누워 있었다. 비교적 넓고 아름다운 홀 안에 많은 침대들이 놓여 있었다. 누군가 내 머리맡에 앉아 있었다. 홀 안에서 사람들이 이 침대에서 저 침대로 지나다녔다. 그들은 내 침대로 와서 나에 관해 이야기를 나누었다. 그들은 나를 12번이라고 칭하고 있었다. 그런데 내 발밑의 벽에 분명 그것이 씌어 있었으며, 결코 착각이 아니었다. 나는 그것을 분명히 읽을 수 있었다. 그 검은 대리석 위에 커다란 황금빛 철자로 바로 '페터 슐레밀'이라는 내 이름이 정확하게 새겨져 있던 것이다. 대리석 위의 내 이름 밑에는 두 줄의 글이 씌어 있었는데, 너무 힘이 없어서 그것을 읽을 수가 없었다. 다시 눈을 감았다.

페터 슐레밀이라는 소리와 함께, 명확하게 들을 수 있게 대리석에 새겨진 글을 읽는 소리가 들렸다. 나는 그 소리를 크고 분명하게 들을 수 있었지만 아직 의식을 찾지는 못했다. 나는 어느 친절한 남자와 검은 옷을 입은 매우 아름다운 부인이 내 침대 앞에 서있는 것을 보았다. 낯설지는 않았지만 그들이 누구인지 인식할 수는 없었다.

얼마의 시간이 흘렀고 나는 다시 기운을 차렸다. 나는 12번으로 불렸다. 이 12번은 긴 수염 때문에 유태인으로 간주되었고, 아주 세심하게 간호를 받고 있었다. 그림자가 없다는 점이 아직 발각되지 않은 것처럼 보였다. 사람들이 내게 확언해준 바로는, 내가 발견되어 이곳으로 옮겨져 왔을 때 장화를 비롯한 모든 물건이 함께 있었다. 모든 물건이 확실하고 안전한 상태로 보관되어 있었으며, 회복되면 다시 내게 주어지는 모양이었다. 병든 내가 누워 있던 장소는 '슐레밀 병원 재단'이라고 불리는 곳이었다. 매일같이 페터 슐레밀이 새겨진 대리석을 읽는 소리는, 이 재단의 창립자이자 발기자인 슐레밀을 위해 기도하는 유시(諭示) 같은 것이었다. 내 침대에서 보았던 착한 남자는 다름 아닌 벤델이었고, 아름다운 부인은 미나였다.

눈치채지 못한 상태에서 나는 이곳에서 회복되었고, 바로 벤델의 고향에 내가 있었음을 알게 되었다. 축복받은 금화는 아니었지만 어쨌든 남은 금화로 벤델은 내 이름으로 이 병원을 차렸던 것이다. 여기서 치료받은 이들은 나를 위해 기도해주었고, 벤델은 그렇게 하도록 살펴주고 있었다. 미나는 과부가 되었다. 어떤 불행한 범죄 소송으로 라스칼은 죽었으며 그녀도 전 재산을 다 잃어버렸다고 한다. 그녀의 부모도 더 이상 생존해 있지 않았다. 신을 공경하는 과부로 지내면서 그녀는 자선 사업을 돕고 있었다.

어느 날 12번 침대 가에서 그녀는 벤델과 함께 이야기를 나눴다.

"부인께서는 어째서 이곳의 나쁜 공기 속에서 지내시는지요? 운명을 너무 가혹하게 받아들이셔서 혹시나 부인께서는 죽으려 하시는 것이 아닌지요?"

"아닙니다, 벤델 씨, 기나긴 꿈을 꾸고 나서, 그리고 내 자신 속에서 완전히 깨어난 이후, 저는 잘 지내고 있습니다. 그 이후 저는 더 이상 아무것도 원하지 않으며, 또한 죽음도 두려워하지 않게 되었어요. 저는 편안하게 과거와 미래를 생각할 뿐입니다. 당신이 지금 신을 공경하는 마음으로 당신의 주인이자 친구에게 봉사하는 것도 그런 나직한 내면의 행복 때문이 아닌가요?"

"예, 그렇습니다, 부인. 정말 신에게 감사드릴 입니다. 우리에게는 정말 놀라운 일이 있었지요. 우리는 편안함과 혹독한 고통이 가득한 술잔을 신중치 못하게 많이 마셨습니다. 이제 그 잔은 텅 비었지요. 그 모든 것이 단지 시련이었을 뿐이라고 생각하면서, 누군가는 현명한 시각으로 진정한 시작을 기다리고 싶어 할 것입니다. 사실 이것이 진정한 시작이며, 그 처음의 속임수 놀이를 더 이상 원하지 않을 것입니다. 그렇지만 전체적으로 보면, 과거에 살아온 모든 날은 즐거웠습니다. 또한 저는 우리의 친구도 지금은 당시보다 훨씬 나아졌을 것이라는 믿음을 갖고 있습니다."

"예, 제 마음도 그렇습니다" 하고 아름다운 미나는 대답했다. 그들은 내게서 지나갔다.

이런 대화는 내게 깊은 인상을 남겨놓았다. 나는 머릿속으로 나 자신을 알려야 할지 아니면 알리지 않은 채 이곳을 떠나야 할지 망설였다. 나는 결심했다. 종이와 펜을 갖다 달라고 하여 다음과 같은 말을 적었다.

"여러분의 옛 친구도 이제 당시보다 훨씬 나아졌습니다. 그는 참회하고 있습니다. 화해의 참회를."

이윽고 나는 옷을 입기를 원했다. 이미 상당히 회복되었다. 사람들이 내 침대 옆에 놓여 있는 작은 장롱의 열쇠를 가져다주었다. 나는 장롱 안에서 모든 소지품을 발견했다.

옷을 입고서 즐겁게 수집한 북극 지방의 이끼류들이 들어 있는 식물 상자를 긴 외투 위에 걸쳤다. 메모를 내 침대 위에 올려놓았고 장화를 신었다. 문이 열리자마자 나는 이미 테바이를 향하는 길로 나아가고 있었다.

지난번 마지막으로 집에서 나와 걸었던 시리아 해변가를 따라 되돌아가자, 사랑스러운 푸들 피가로가 나를 향해 다가오는 것이 보였다.[35] 주인이 집에 오기를 오랫동안 기다렸던 이 충견은 주인의 흔적을 찾아 나섰던 모양이다. 나는 가만히 서서 소리를 쳤다. 마음껏 내뿜는 천연스러운 기쁨을 감동스럽게 표현하면서 녀석은 반가운 듯 짖으면서 나를 향해 뛰어왔다. 나의 빠른 속도를 녀석은 따라올 수 없었으며, 나는 녀석을 팔에 안고서 집을 향해 갔다.

모든 것이 예전 그대로 있었고, 기운을 차린 만큼 나는 천천히 다시 옛날 일에 몰두하고 옛날 생활 방식으로 돌아갔다. 도저히 견딜 수 없는 북극 추위만은 반년 정도 삼갔다.

사랑하는 친구 샤미소, 나는 오늘도 이렇게 지내고 있네. 티크[36]의 유명한 작품 『도임헨의 행동에 관하여』가 그 점을 처음 우려했지만, 내 장화는 아직 그렇게 닳지 않았고 그 위

---

35 실제 작가 샤미소도 개를 기르고 있었고 개의 이름 또한 피가로였다고 한다.
36 루트비히 티크(Ludwig. Tieck, 1773~1853): 독일 낭만주의 작가.

력은 여전히 남아 있지. 단지 내 힘이 부족할 뿐이지. 무분별하게 장화를 사용하지 않고 반드시 특정 방향에서 어떤 목적을 위해서만 사용했다고 자위하고 있네. 장화의 힘이 닿는 데까지, 나는 지구, 지구의 모양, 지구의 높이, 지구의 온도, 변화하는 지구의 대기, 자기장 힘의 현상, 지구의 생명체, 특히 식물 영역에서의 생명체들을 나의 이전 학자들보다도 더욱 철저하게 연구했네. 그리고 그러한 경험적 사실을 가능한 한 정확하고 분명한 체계로 몇 권의 책으로 기록하고 있으며, 내 결론과 견해를 신속하게 몇 개의 논문으로 집필하기도 했네. 나는 아프리카 내부의 지형학, 북극 나라의 지형학, 아시아 내부와 그 동쪽 해변들에 관한 지형학을 완전히 정리하기도 했지. 「지구의 뿌리와 식물의 역사」라는 글은 『보편 식물도감』이라는 책에 실린 거대한 단편이지만, 동시에 『자연의 체계』라는 거대한 책 중의 일부분이 될 거야. 나는 단지 잘 알려진 종의 숫자만을 적당히 3분의 1 정도 늘린 것이 아니라 자연 체계와 식물 지형학을 위해서 기여했다고 생각하네. 지금은 동물의 세계에 대해 집필하고 있네. 물론 죽기 전 내 원고가 베를린 대학에서 출판되었으면 하는 걱정이 있지만 말이야.

사랑하는 친구 샤미소, 나의 환상적 이야기를 간직해줄 사람으로 나는 자네를 선택했네. 물론 내가 이 지상에서 사라질 경우 그 이야기가 많은 이들에게 유용한 가르침으로 작용할 것이라는 목적에서 말이야. 친구여, 자네가 사람들 사이에서 살고 싶다면, 무엇보다도 그림자를 중시하는 법을 배우게나. 돈은 그다음일세. 오로지 자네와 자네의 더 나은 자아를 위해서만 살고 싶다면, 오, 자네에게는 아무 충고도 필요 없네.

해제

"내 그림자를 가져가시고 그 주머니를 주세요."

— 샤미소의 『그림자를 판 사나이』

I. 다문화 교류의 선구자로서의 샤미소

독일 중/후기 낭만주의 작가로 분류되는 아델베르트 폰 샤미소는 괴테, 하이네, 릴케, 카프카, 토마스 만, 헤세 등 독일이 낳은 걸출한 작가들에 비하면 국내에 거의 알려지지 않은 작가다. 그러나 흔히 『그림자를 판 사나이』로 의역되기도 하는 그의 대표작 『페터 슐레밀의 신기한 이야기*Peter Schlemihls wundersame Geschichte*』(이하 『페터 슐레밀』로 표기함)는 전 세계적으로 번역되었고 지금도 뛰어난 문학적 가치를 지닌 고전으로 손꼽힌다. 대부분의 후대 작가들이 『페터 슐레밀』의 문학사적 의미를 거론해왔으며, 또한 수많은 저명한 연구자들도 이 소설의 해석에 참여함으로써 단순한

내용의 소설에 매우 복잡하고 다양한 의미가 부여되는 양상이다.[1]

우선 샤미소의 생애를 짧게 살펴보자. 샤미소는 1781년 프랑스 북부 샹파뉴에서 태어났다. 프랑스혁명이 발발하자 귀족 가문이었던 그의 집안은 조국을 등지고 망명길에 오른다. 처음에 오스트리아로 도피하였으나 다시 룩셈부르크를 거쳐 1796년에 샤미소 가족은 독일 베를린에 정착하게 된다. 샤미소는 베를린에서 고등학교를 다녔으며 라틴어, 그리스어, 자연과학, 역사, 독일어, 철학 등을 공부하였고 특히 클롭슈토크과 실러의 작품을 애독했다. 1801년 샤미소 가족은 조국 프랑스로부터 귀국 허가를 받지만, 샤미소는 베를린에 머물기로 결심하고 계속 그곳에서 학업과 집필 활동을 이어갔다. 독일어와 불어에 능통한 그는 완벽한 이중 언어 구사자로서 프랑스 작품을 독일어로 번역하거나 역으로

---

1 인터넷상에 올려진 다음의 두 글은 다양한 연구자들의 시각을 비판적으로 잘 정리해놓은 바 있다.
Peter Tepe/Tanja Semlow: Interpretationskonflikte am Beispiel von Adelbert von Chamissos Peter Schlemihls wundersame Geschichte 2(http://www.mythos-magazin.de/erklaerendehermeneutik/pt-ts_schlemihl2.pdf).
Peter Tepe/Tanja Semlow: Interpretationskonflikte am Beispiel von Adelbert von Chamissos Peter Schlemihls wundersame Geschichte 3(http://www.mythos-magazin.de/erklaerendehermeneutik/pt-ts_schlemihl3.pdf).

독일 작품을 프랑스어로 번역하는 일에 몰두했다. 1802년 조국 프랑스를 잠시 방문했지만 1803년 초 다시 베를린으로 돌아온 그는 수많은 문인들과 교류하면서 왕성한 창작 활동을 펼쳤다. 이 시기의 친구들로는 출판업자인 율리우스 히치히, 빌헬름 노이만, 아우구스트 베른하르디 등을 들 수 있다. 프리드리히 슐레겔의 형으로 독일 낭만주의를 학문적으로 이끌었던 아우구스트 슐레겔이 베를린 대학에서 1804년 겨울 학기에 독일 낭만주의에 관한 강의를 개설했을 때 샤미소는 그 수업을 수강하면서 상당한 영향을 받았다. 1804년부터 샤미소는 본격적으로 독일어로 창작 활동을 전개하였으며, 1806년 『아델레르트의 우화』를 시작으로 미완성 희곡 『행운의 보따리와 마법의 모자』를 집필하였다. 하노버를 방문한 샤미소는 그곳에서 친구 프리드리히 드 라 모트 푸케를 만나게 된다. 1808년 그는 라헬 파른하겐, 노이만, 푸케, 베른하르디와 함께 공동포에지(Sympoesie)의 일환으로서 소설 『카를의 시도와 방해. 신시대의 독일 이야기』를 공동 집필하기도 했다. 1809년에는 농학(農學)을 공부하기로 결심했지만 재정상 이유로 그 계획은 좌절되고 만다.

샤미소는 파리의 한 대학으로부터 초빙교수 자리를 제공받았지만 성사되지 않았기에 계속 베를린에 남게 된다. 1810년 샤미소는 아우구스트 슐레겔의 『희곡 예술과 문학에 관한 빈에서의 강연』이라는 글을 프랑스어로 번역하였고 또한 프랑스 민속 노래를 독일어로 번역하였다. 스위스에 잠시 머물면서 영국 작품과 스페인 작품에 심취하지만 1812년에 다시 베를린으로 돌아와 베를린 대학의 의학생으로 등록했다. 이듬해인 1813년 그의 대표작『페터 슐레밀』을 집필하고 푸케의 도움으로 1814년에 출간하게 되는데, 이 소설은 1838년에 불어판으로도 발간된다. 출생지상으로 프랑스인이지만 독일어로 작품을 쓰고 발표하면서 평생을 독일 작가로 보낸 샤미소는 여러 가지 측면에서 소위 '낭만적' 삶을 살았다. 여기서 낭만적이란 무엇보다도 독일 낭만주의가 내세운 '다양한 문화들 간의 자유로운 교류'라는 정신적 맥락을 뜻한다. 모든 장르 간의 경계 해체를 주창한 낭만주의의 "점진적 보편포에지(progressive Universalpoesie)"라는 개념은 '다문화 간의 교류'라는 문화적 이념을 내포하고 있다. '세계문학'을 표방한 괴테와 더불어 낭만주의자들은 다문화적 교류의 실현 가능성을 무엇보다도 '번역'에서 찾았다. 셰익스피어 작품을 번역한 티크, 그리스어로 쓰인 플라톤 전집을 번역한 슐라이어마허 등과 마찬가지로, 독일어와 불어를 완벽하게 구사할 수 있었던 샤미소는 번역을 통해 양국 간의 문화 교류에서 앞장섰던 것이다.

『페터 슐레밀』에서 주인공 슐레밀은 소설 후반부에 세계의 이곳저곳을 돌아다니면서 자연과학자로서 여생을 보내는데, 마치 자기 소설의 허구적 인물 슐레밀의 삶을 모방하듯 샤미소도 잠시 외유의 시간을 보낸다. 1815~1818년 동안 샤미소는 자연 탐구자로서 브라질, 칠레, 하와이, 필리핀, 러시아 등 세계 각지를 여행하면서 삶의 전환기를 맞이하였다. 소설 『페터 슐레밀』의 첫 구절은 "나로서는 매우 힘들었던 항해를 다행히 잘 마친 후 마침내 항구에 닿았다"[2]로 시작하는데, 이는 향후 자신이 밟게 될 삶의 여정과 귀국 등을 마치 예견한 듯이 읽힌다. 그렇게 3년 동안의 여행을 끝내고 1818년 베를린으로 돌아온 샤미소는 여행에서 얻은 많은 경험담을 잡지에 발표하였고, 이 시기에 자연 철학자 셸링과 바더로부터 많은 영향을 받기도 했다. 1819년 샤미소는 베를린 대학의 철학과에서 명예박사 학위를 받았고 여러 아카데미와 학술 단체의 회원으로 활동하였다. 그러나 다시 문학에 전념하면서 1827년 희극 『놀라운 치료』를 발표하였고 『페터 슐레밀』의 2판 부록에 시를 덧붙이면서 재출간하였다. 1831년 자신의 시 전집을 발행하였고 1832년에는 구스타브 슈바브와 함께 잡지 『독일 문학 연감』의 편집위원 일

---

2 이 책의 17쪽.

을 맡았다. 이후 일기 형식의 여행기와 논문 및 창작을 병행하다가 1838년 8월 21일 57세의 나이로 샤미소는 세상을 떠났다.

1815년부터 1818년까지의 세계 탐구 여행 기간을 제외하면 샤미소는 1838년까지 베를린을 떠난 적이 없었다. 독일과 베를린은 그에게 제2의 조국 내지는 고향과도 같았는데, 그에게 망명지 독일이 출생지 프랑스보다 얼마나 소중했는지는 1805년 3월 1일자 친구 드 라 포예에게 보낸 편지에서 엿볼 수 있다. 두 사람 모두 프랑스로부터 귀국 허가를 받은 상황에서 포예는 프랑스로 돌아갔고 샤미소는 베를린에 남았는데, 고향으로 돌아간 포예에게 샤미소는 다음과 같이 자신의 마음을 전한 바 있다. "출생지인 프랑스로 돌아가더라도 동이 트면 한 번쯤은 구원의 나라인 우리의 독일로 시선을 돌리고 서로를 그리워하자꾸나. 북극성의 영원한 빛을 바라보듯 말이야. 우리는 독일 사람이잖니."[3] 이 편지 대목은 두 가지 점을 시사해주고 있다. 그 하나는 샤미소가 프랑스인임에도 불구하고 자신을 독일인으로 지칭하고 있다는 점이며, 다른 하나는 독일을 단순한 망명지가 아니라 "구원의

---

3 1805년 3월 1일자 불어/독일어 편지(http://www.berliner-intellektuelle.eu/pdf/Brief011ChamissoandeLaFoye.fr.pdf, p. 9).

나라"로 명명하고 있다는 점이다. 독일은 어떤 연유에서 "구원의 나라"로 명명되었을까? 물론 일차적으로 망명자를 받아준 나라였다는 의미로 읽힐 수 있지만 사실 또 다른 중요한 의미가 내포되어 있다. 그것은 정치적 의미보다는 자신에게 새로운 정신적 삶, 즉 문학적, 철학적 삶을 심어준 나라라는 문화적 의미일 수 있다.

물론 구원의 나라인 독일에서의 삶이 현실에서도 언제나 아름답고 이상적이었을까? 독일에서의 삶은 어쩌면 양가적으로 여겨졌을지도 모른다. 한편으로 프랑스인으로서 제2의 고향인 독일에서, 그것도 다문화적 교류의 매개자로서 샤미소는 성공적인 삶을 살았다고 볼 수 있지만, 다른 한편 프랑스와 독일 사이에서 끊임없이 방황하는 삶, 어쩌면 양국 간의 '경계인'으로서, '영원한 아웃사이더'로 존재할 수밖에 없는 삶을 살았다고 짐작하게 된다. 이와 같은 점을 작품 해석을 통해 좀 더 구체적으로 살펴보기로 하자.

II. "환상적 노벨레"와 "낭만적"

'페터 슐레밀의 신기한 이야기(Peter Schlemihls wundersame Geschichte)'라는 제목에서 독일어 'wundersam'은 독일 낭만주의를 나타내는 대표적인 개념이다. 물론 이 개념 외에도 독일 낭만주의 작가들은 'wunderbar', 'wunderlich' 같은 개념을 사용한 바 있으며, 그 세 개념들은 번역과 의미 차원에서 미묘한 차이를 띤다. 물론 낭만주의 작가들마다 자신만의 독특한 의미를 염두에 두면서 동일한 개념을 다르게 사용했기에 각 개념을 일관된 의미로 규정하는 것은 결코 쉬운일이 아니다. 더욱이 한국어로 세 개념을 상이하게 번역해야만 하는 것도 난감한 일이다. 'wundersam'은 '기이한, 놀라운, 기적 같은'으로 번역될 수 있고, 'wunderbar'는 '놀라운, 신기한', 'wunderlich'는 '기묘한, 기이한, 특별한' 등으로 번역될 수 있을 것 같다. 외국어와 모국어 간의 완벽한 등가성을 제시하는 것은 쉽지 않으며, 번역자마다 해당 개념과 텍스트를 의미적, 해석적 차원에서 상이하게 파악하기 때문에 정확한 번역은 더더욱 불가능한 것처럼 보인다. 어쨌든 세 개념 사이에서 최소한의 등가적 의미 맥락을 찾는다면, 'wundersam'과 'wunderbar'의 경우 일상적인 것과 신비로운 것이 서로 결합된다는 점에서 '놀라운'이라는 공통된 의미를 지닌다면, 'wunderlich'의 경우 이성적으로 설명될 수 없는 것 그 자체만을 강조한다는 점에서 '기이한'이라는 의미가 가능하다.[4] 어쨌든 'wundersam'(샤미소)과 'wunderbar'

---

4 티크의 『금발의 에크베르트』를 다룬 이 책의 7장에서 'wunderbar'와 'wunderlich'의 차이점을 짧게 다룬 바 있다.

(티크, 호프만)는 '놀라운, 신기한, 환상적인, 기적 같은, 이해할 수 없는'과 같이 번역이 가능하다. 다만 티크, 호프만의 경우 그와 같은 의미에 '무시무시한, 비밀스러운' 같은 의미가 덧붙여진다면, 샤미소의 개념 사용에서는 그와 같은 전율과 공포 등이 부재한다. 따라서 'Peter Schlemihls wundersame Geschichte'라는 제목의 경우 전율과 공포가 없는 소설의 내용적 차원을 고려하여 '페터 슐레밀의 놀라운 이야기', '페터 슐레밀의 신기한 이야기' 같은 식의 번역이 가능하다.

호프만의 작품들과 마찬가지로 샤미소의 『페터 슐레밀』은 흔히 독일 문학사에서 후기 낭만주의 작품으로 간주되거나 혹은 낭만주의와 사실주의 경계선상에 놓인 작품으로 파악된다. 그것은 소설이 동화적이면서 또한 현실적인 내용을 지니고 있기 때문이다. 가령 영혼을 지키지만 일단 악마에게 자신의 그림자를 건네고 그 대가로 금화가 무한히 쏟아지는 마술 주머니를 얻었다는 소재 자체나 투명 인간으로 만들어주는 새집과 마술 두건 같은 여러 요소는 대단히 동화적이지만, 풍족한 경제적 부를 누리고 있음에도 불구하고 사회 내에서 개인이 겪는 심리적 고통 등은 매우 현실적으로 그려져 있다. 비현실적인 동화적 요소인 '그림자 상실'— 엄격히 말하면 상실이라기보다는 '자발적인 매도'가 더욱

정확한데—이라는 모티브는 히치히, 푸케 등과의 만남에서
샤미소가 몇 번 거론했던 배경을 통해 짐작할 수 있다. 여행
중 모자, 외투를 넣어둔 가방, 장갑 등 거의 모든 물건을 잃
어버렸던 경험을 샤미소가 밝히자 이에 대해 푸케는 "자네
의 그림자는 잃어버리지 않았나?"라고 되물었다고 하며, 그
와 함께 "우리 둘은 그 불행을 떠올려보았다"라고 말했다고
전해진다. 또한 히치히에게 보낸 편지에서 "우리들 중 누군
가가 자신의 그림자를, 아니 모든 이들이 각자 자신의 그림
자를 잃어버렸다면 어쩌지?"라는 구절, 다시금 푸케에게
보낸 편지에서 "내가 자네의 그림자를 말아 올려 갖는다면,
그로 인해 자네가 그림자 없이 내 옆에서 걸어다녀야 한다
면?"[5]이라고 물었던 구절 등을 참조하면, 샤미소가 그림자
를 우연히 모티브로 취했다기보다는 소설적 서사를 이끌어
가는 중요한 형상으로 오랫동안 성찰해왔던 것으로 짐작된
다. 특히 그림자 상실을 "불행"으로 표현하거나, 그림자가
없을 경우 당사자와 주변 반응 등에 대하여 다각도로 사유
했던 것으로 보인다.[6]

---

5 이와 같은 작품 생성 배경에 대해서는 다음을 참조할 것: Gero von Wilpert, Der
   verlorene Schatten. Varianten eines literarischen Motivs, Stuttgart 1978, pp.
   29–30.

『페터 슐레밀』의 장르적 특성과 관련해서는 티크의 『금발의 에크베르트』와 비슷하게 동화와 노벨레가 결합된 '노벨레 동화(Märchennovelle)'로 불릴 수 있으며, 희극적인 것과 비극적인 것이 결합되어 있기에 '희비극(Tragikomödie)'의 특성을 지닌 소설이라고도 할 수 있다. 『페터 슐레밀』과 관련해서는 1879년 샤보치가 밝힌 "전체로서 슐레밀 이야기는 동화이지만, 개개 사항에서 슐레밀 이야기는 하나의 알레고리다"[7]라는 언술이 의미심장하다. 즉, 이야기 전체는 낭만주의가 추구했던 인위적으로 창작된 예술동화(Kunstmärchen)일 수 있지만, 그러한 동화적 분위기를 뛰어 넘어 그림자, 그림자의 상실, 사회적 반응과 개인의 고통 등 '돈'이 지배하는 19세기 자본주의 사회 현실의 상황(당시와 현재의 사회적, 문화적 상황 등)에 대한 알레고리로 해석될 수 있다는 것이다. 또한 예술동화라는 장르적 특성에 대해 이의를 제기하는 시

---

6 아르네 클라비터는 실루엣 같은 무대에서의 표현 기능으로서의 "연출된 그림자 (inszenierter Schatten)"에서 벗어나 상징적 의미의 서술 형상으로서의 "서사된 그림자(erzählter Schatten)"로 전환하는 차원에서 『페터 슐레밀』의 '그림자'의 의미를 해석하고 있다(A. Klawitter, Inszenierte Schatten. Das Schattenspiel als theatralisches Genre in der deutschen Literatur zwischen Empfindsamkeit und Romantik, in: 2014 Athenäum, Heft 24, 2014, pp. 73-98).

7 F. Chabozy, Über das Jugendleben Adelberts von Chamisso zur Beurteilung seiner Dichtung Peter Schlemihl, München 1879, p. 20.

각이 없지는 않았는데, 대표적인 예로는 『페터 슐레밀』을 동화보다는 소설적 특성을 지닌 "환상적 노벨레(phantastische Novelle)"로 간주해야만 한다는 토마스 만의 시각이다.

사람들은 『페터 슐레밀』을 동화로 간주하고, 더욱이 (……) 어린이 동화라고도 한다. 『슐레밀』은 그렇지 않으며 (……) 오히려 대단히 소설적 특성을 지니고 있다. 아주 그로테스크한 포장에도 불구하고 대단히 진지하고 현대적이고 열정적인 특성을 지니기에 동화의 범주에 속할 수 없다. (……) 이야기는 아주 사실적이고 시민적으로 시작하며, 소설 끝까지 집필자가 (……) 사실주의적, 시민적 태도를 유지할 줄 안다는 점에서 (……) 그의 타고난 예술적 능력을 엿볼 수 있다. 자전적이고도 고백 같은 형식의 힘 때문에 진실성과 현실에 대한 요청이, 비개인적이고 꾸며낸 듯한 동화에서보다 훨씬 더 엄격히 강조되고 있다. 그런 형식을 한 가지 장르 이름으로 규정하는 것이 중시된다면 (……) 일종의 '환상적 노벨레'라는 이름을 택할 수 있을 것이다.[8]

---

8 Thomas Mann, Reden und Aufsätze 1, in: Gesammelte Werke in 13 Bänden, Bd. 9, Frankfurt am Main 1990, p. 48.

이처럼 토마스 만은 동화, 예술동화 같은 개념 대신에 "환상적인 노벨레" 같은 개념으로써 『페터 슐레밀』의 소설적 속성을 더욱 부각하고 있다. 자세히 들여다보면, 토마스 만의 "환상적 노벨레"라는 용어는 낭만주의와 사실주의를 결합시키려는 의도에서 만들어진 것이다. 본래 노벨레는 단편소설(short story)보다는 길고 일반적인 장편소설보다는 짧은 형식의 독일식 소설이며, 시작과 결말의 일관적인 흐름 속에서 일회적인 사건을 담아내는 문학적 양식으로 주로 독일 사실주의 작가들이 애용하였다. 토마스 만은 집필자(저자로서의 샤미소)의 "사실주의적, 시민적 태도"를 강조함으로써 『페터 슐레밀』의 소설적 특성을 전면에 내세우고 낭만주의 "환상적"이라는 특성은 단지 부가적인 것으로만 간주하고 있다. 즉, 사실주의의 근본 형식에 낭만주의적 요소가 가미된 소설이라는 것이다. 그러나 토마스 만의 시각에서 아쉬운 점은, 그가 '환상적', '낭만적', 특히 '예술동화'라는 개념을 매우 협소하게 파악하고 있다는 것이다. 낭만주의의 예술동화 개념은 넓은 의미에서 포에지, 소설 같은 개념과 동일하며, 그 개념에는 이미 현실과 꿈, 사실과 환상 등이 하나로 결합되어 있다. 따라서 토마스 만의 '환상적 노벨레'와 낭만주의자가 사용한 '예술동화'는 사실 서로 동일한 의미망을 형성하고 있는 셈이다.

III. 그림자와 돈의 '잘못된 교환'

기나긴 여행을 끝내고 어느 항구에 도착한 슐레밀은 지인의 편지를 전하기 위하여 부유한 토마스 욘 씨를 찾아간다. 욘 씨 집에서 슐레밀은 시중드는 회색 옷 입은 남자를 발견하게 되는데, 손님들의 소망에 따라 그 남자가 온갖 물건(망원경, 양탄자, 천막, 세 마리 말 등)을 안주머니에서 꺼내는 신기한 광경을 그는 목격하게 된다. 황당한 마음에서 슐레밀은 욘 씨 집에서 서둘러 나오고, 그때 뒤따라온 회색 옷 입은 남자는 슐레밀에게 그림자를 넘겨주면 금화가 마구 쏟아지는 행운의 마술 주머니를 주겠다는 기이한 계약을 제안한다. 행운의 마술 주머니가 탐난 나머지 슐레밀은 한순간의 망설임도 없이 자신의 그림자를 그에게 넘기는데, 그 거래 장면은 다음과 같다.

"좋습니다! 거래하십시다. 내 그림자를 가져가시고 그 주머니를 주세요."

그는 악수를 하고는 지체 없이 내 앞에 무릎을 꿇고 앉았다. 나는 그가 놀라운 솜씨로 머리에서 발끝까지 내 그림자를 풀밭에서 살짝 거둬들여 둘둘 말아 접어 몸 안에 집어넣는 것을 보았다. 다시 일어서서 그는 내게 공손히 인사를 건네고는 장미 숲을 향해 되돌아갔다. 그가 나직이 내뱉은 웃음소리를 나는 들었다. 그러나 나는 행운의 자루 끈을 꼭 쥐었다. 내 주변에는 햇빛이 빛나고 있었고, 나는 제정신을 잃었다.[9]

그는 행운의 마술 주머니에서 쏟아지는 재화와 부(富)에 도취하면서도 많은 이들을 도와주지만, 이내 자신의 거래에 대해 후회하게 된다. 다니는 곳곳마다 사람들(특히 어린아이와 노인들)이 그림자 없는 그의 모습을 보고서 손가락질하거나 조롱하기 때문이다. 그림자를 잃은 그는 사회적 집단에 소속되지 못하는 고통스럽고 서러운 상황을 경험하게되고, 특히 사랑하는 미나와의 결혼이 좌절되면서 처절한 아픔에 사로잡힌다. 그와 같은 비극적 상황에서 지금까지 그를 몰래 뒤쫓아다니고 있던 회색 옷 입은 남자가 다시 나타나 슐레밀의 그림자를 펼쳐 보이면서 또 다른 교환의 유혹을 건넨다.

그는 즉시 자기 주머니에서 내 그림자를 끄집어내어 유연한 손놀림으로 들판 위에 던졌고, 다시금 그림자를 태양 쪽에서 자기 발밑으로 펼쳤다. 그는 그를 따라다니는 두 그림자, 즉

---

9 이 책의 29쪽.

내 그림자와 그의 그림자 사이를 오갔다. 내 그림자 역시 그에게 복종해야 했고 그의 움직임에 따라 방향을 돌려 순응해야만 했기 때문이다.

정말 오랜만에 내 그림자를 다시 보았다. 그렇지만 내 그림자가 터무니없는 일을 하도록 가볍게 취급되고 있는 것을 보니, 또한 내가 저 그림자 때문에 말할 수 없는 곤경에 빠져 있다고 생각하니 내 가슴은 터질 것만 같았다. 나는 쓰디쓴 눈물을 흘렸다. 내게서 앗아간 물건을 자랑하면서 걷고 있는 저 가증스러운 녀석이 파렴치하게도 계약서를 다시 내밀었다.

"펜을 한 번 갈기면 당신은 그림자를 소지할 수 있습니다. 그러면 당신은 저 불량배의 손아귀로부터 그 불쌍하고 불행한 미나를 구출하여 당신 팔로 껴안을 수 있습니다. 이미 말씀드렸듯이 한 번만 펜을 갈기면 되는 일입니다." 다시금 울음이 솟구쳤다. 그렇지만 등을 돌리면서 나는 그에게 떠나라고 손짓했다.[10]

회색 옷 입은 남자가 제시한 조건은 슐레밀의 그림자를 돌려주는 대신 사후 영혼을 넘기라는 것이며, 이를 완강히 거부하는 슐레밀을 설득하려는 그의 말은 영혼을 부정하는 반형이상학적, 반기독교적, 유물론적 언어와 사유로 점철되어 있다.

질문을 드려도 좋다면, 도대체 당신의 영혼이란 어떤 물건입니까? 그것을 본 적이나 있습니까? 언젠가 죽을 때 그 영혼을 가지고 도대체 무엇을 할 작정이십니까? 오히려 저 같은 수

---

10 이 책의 78~79쪽.

집가를 만난 것에 대해 기뻐하십시오. 저는 당신에게 X라는 덩어리, 즉 전기가 흐르고 양극 전자장을 지닌 몸 덩어리—그 외에 이 쓸모없는 덩어리는 무엇이겠습니까?—가 남긴 유산에 대해 실제적인 것, 즉 당신의 생기 있는 그림자로 그 대가를 지불하려는 것입니다. 이 그림자를 갖게 되면 당신은 애인의 손을 잡게 될 것이고 모든 소원을 성취할 수 있지 않습니까. 당신은 그 불쌍한 젊은 처녀를 그 비열한 불량배 녀석에게 넘기시겠습니까?[11]

그러나 슐레밀은 이와 같은 유혹을 단호하게 뿌리치며 마술 주머니까지도 내버린 채 영혼을 지키면서 은둔자의 삶을 살아나가기로 결심한다. 흔히 이 소설은 사후 영혼을 내주는 소위 '악마와의 협약(Teufelspakt)'으로 감각적 삶의 향유를 얻고자 했던 괴테의 『파우스트』와 연관된 작품으로 해석되지만, 슐레밀이 그림자는 내주었으나 자신의 영혼만은 지킨다는 점에서 '파우스트'와는 결정적인 차이점을 지닌다. 또한 두 작품의 경우 주인공의 신분상의 차이와 각기 처한 경제적 상황도 다르다. 가령 파우스트는 경제적 어려움이

---

11 이 책의 76쪽.

없는 뛰어난 학자로서 사회적 평판을 지닌 채 단지 감각적인 삶의 향유를 원했다면, 젊은 슐레밀은 욘 씨로부터 자리를 구하려는 등 근본적으로 경제적인 어려움에 처해 있었고 감각적인 향유보다는 정신적 자유를 지켰다고 할 수 있다. 이 밖에도 속죄나 구원 없이 스스로 모든 것을 내던진 슐레밀은 남은 돈으로 여러 켤레의 장화를 구입하여 고독하게 지내려 하며, 우연히 한 걸음에 7마일(약 12킬로미터)을 날아가게 해주는 신기한 마술 장화의 도움으로 남은 생애 동안 세계 각지를 탐구하는 자연과학자로서의 행복한 삶을 살아나간다.

이상과 같이 소설의 내용은 매우 단순하고 소박하다. 소설의 주요 모티브도 돈, 그림자, 자연 등으로 압축될 수 있다. 부와 명예를 얻고 싶은 욕망 때문에 인간으로서의 기본조건인 그림자를 팔아넘기고 살아가는 삶이 결국 부질없는 짓임을 깨닫고 자연으로 복귀하는 이야기인데, 여러 측면에서 현대를 살아가는 인간의 모습을 건드리고 있다. 작품이 출간된 19세기 초엽은 정치사회적으로 이미 자본주의 사회가 태동한 시기이며, 경제심리학적으로는 부를 맹목적으로 절대시하는 황금만능주의의 심리가 싹트던 시기이다. 『페터 슐레밀』은 일차적으로 그와 같은 '자본으로서의 돈', '돈에 의한 교환'이 절대적으로 지배하는 사회 현실에 대하여 날

카롭고 통렬한 비판을 가하고 있는 소설이다.

엄밀히 말하면, 본래 교환이란 비슷한 가치를 지닌 사물을 맞바꾸는 행위다. 그렇다면 슐레밀은 정당한 교환 행위를 실행한 것일까? 회색 옷 입은 남자의 제안을 받았을 때 슐레밀은 그림자의 가치를 전혀 인식하지 못한 채 즉각 계약을 실행하는데, 즉 경제적으로 가치 척도가 불가능한 그림자와 '돈'을 쏟아내는 엄청난 경제적 가치의 마술 주머니를 맞바꾸었던 것이다. 그러나 이내 그림자도 가치가 있음을, 그리고 그림자의 가치와 마술 주머니의 가치가 서로 다른 것임을 슐레밀은 깨닫게 된다. 마술 주머니가 경제적 가치에 대한 기표라고 할 수 있다면, 그림자는 경제적 가치로 환산될 수 없는 인간학적 가치에 대한 기표인 것이다. 상호 대등한 가치를 지닌 것들이 교환될 때 정상적인 거래가 성립하기 마련인데, 그런 관점에서 볼 때 그림자와 마술 주머니는 비정상적인 교환이었던 셈이다. 요컨대, 인간학적 가치를 지닌 그림자와 경제적 가치를 지닌 마술 주머니 간의 상호 교환은 애초에 '잘못된 교환'이었던 것이다. 이처럼 그림자의 가치에 대한 인식 결핍의 상태에서 슐레밀이 교환 행위에 뛰어든 까닭은, "계급 사회 내에서 탈인간화를 낳게 되는 돈의 영향"[12] 때문이다. 즉, 슐레밀은 이미 무의식적으로 돈에 지배되는 상태였고 그로 인해 그림자를 무가치한 것으로 여기면서 거래에 응했던 것이다.

이러한 슐레밀의 모습은 매우 현재적이며 어쩌면 "우리

12 F. Leschnitzer, Deutung und Bedeutung des <Peter Schlemihl>. Zu Chamissos 115. Todestag, in: Die Weltbühne. Wochenschrift für Politik, Kunst, Wirtschaft 8(1935), pp. 1135-1140.

모두 어느 정도는 '슐레밀'이 아닐까"[13]라고 곱씹어보게 된다. 19세기보다 자본주의가 훨씬 배가된 상황, 흔히 자유 시장경제, 신자유주의 출현 등으로 표현되는 오늘의 현실을 보면, 많은 이들의 마음과 머리에 '돈'만이 최고의 원칙으로 자리하고 있을 게 틀림없다. 돈을 절대원칙 내지는 절대선으로 여기는 경제적 근본주의(economic fundamentalism)에 맹목적으로 복종되어 있는 이들은 아마도 슐레밀처럼 자신의 모든 것(양심, 그림자, 영혼 등)을 기꺼이 팔아넘기려는 충동에 젖어 있을지도 모른다. 아니, 우리 모두의 내면에는 어쩌면 이미 소설 첫 부분에 나오는 욘 씨의 모습, 슐레밀의 모습이 자리하고 있을지도 모른다. 이처럼 비현실적인 소재와 내용의 『페터 슐레밀』은 낭만주의의 예술동화로서 혹은 "환상적 노벨레"로서 이미 잘못된 방향으로 나아가는 사회 현실과 개개인의 그릇된 충동을 예견하고 그에 대한 경각심을 불러일으키고 있는 작품인 것이다.

그림자와 돈은 서로 다른 가치를 지니기에 상호 교환될 수 없음은 분명하다. 그럼에도 돈(마술 주머니) 때문에 그림

---

13 Alexandra Hildebrandt, Sind wir nicht alle ein bisschen "Schlemihl"?, aus: http://www.huffingtonpost. de/alexandra-hildebrandt/sind-wir-nicht-alle-ein-b_b_4885659.html

자를 팔아넘긴 슐레밀의 행위는 돈을 무시하면서 살아갈 수 없는, 녹록치 않은 동시대(혹은 현재)의 사회적 상황을 암시하고 있다. 가령 뷔히너의 『보이체크』(1837)에서도 주인공 보이체크는 박사로부터 돈을 받고서 몇 달 동안 완두콩만을 먹고 지내야만 하는 일종의 실험 대상으로 자신의 몸을 내맡긴다. 돈을 받고 자신의 몸이나 그림자 등을 팔아넘기는 행위에 깔려 있는 공통점은 봉건 영주제가 물러나고 자본주의적 시장경제가 횡행하고 있는 시대적 상황이다. 이렇듯 돈이 지배하는 상황을 비판적으로 인식함에도 불구하고 그 상황을 극복할 수 있는 대안이 부재하다는 인식이 1830년대 작가들의 사회적 딜레마였다고 할 수 있다. 분명 '돈의 힘 (Macht des Geldes)'이 지배하는 상황에는 비판적인데, 그렇다고 '돈의 힘'을 완전히 부정적으로 매도하거나 외면할 수 없는 상황이 도래한 것이다. 왕/영주 같은 절대 권력자의 지배가 아니라 '돈'이라는 피할 수 없는 새로운 지배적 힘의 도래, 그리고 이와 관련된 전통적인 물리적, 정신적 권력의 쇠퇴 등이 19세기 초엽의 매우 중요한 사회적 화두가 되었다. 일례로 1830년 초 「지식인을 위한 조간신문」에서 빌헬름 바커나겔과 카를 짐로크는 '펜과 칼, 괴테와 나폴레옹'이라는 일종의 문무(文武) 논쟁을 전개한 바 있었는데, 이를 관찰하던 샤미소는 스스로 다음과 같은 「판정Urteil」(1831)이라는 시를 발표한 바 있다.

돈이 힘이자 영광이다.

로트쉴트 남작은 우리 시대의 영웅이지만,

부채만이, 모든 부채가 곧 파멸의 근원이네.

돈이 평화와 전쟁을 가져온다,

돈, 사랑스러운 돈만이 승리를 야기한다,

검과 펜은 돈에 복종하고 인내한다.

저의 판단이 여러분에게 중요하다면,

저에게 가장 잘 보수를 지급해주는 분,

가장 많은 돈을 저에게 주시는 분이 마땅히

저의 경우 정당함을 지니며, 이는 더욱이 합법적인 이유에서

입니다.[14]

과거 영주제에서는 글과 검 간의 양자의 힘겨루기가 가능

---

14 Jochen Hörisch, Schlemihls Schatten-Schatten Nietzsches. Eine romantische Apologie des Sekundären. Erschienen in: Athenäum, Jahrbuch für Romantik, Jg. 5(1995), pp. 11-42, hier p. 26에서 재인용.

했다. 즉, 작가들은 '펜의 힘'(정신적인 힘)을, 왕과 영주를 비롯한 귀족계급은 '검의 힘'(물리적인 힘)을 각기 주장하였지만, 새로운 사회적 상황에서는 양자를 무기력하게 만드는 '돈의 힘'이 출현한 것이다. 돈의 힘은 전쟁과 평화까지도 결정하며, 더욱이 돈을 많이 지불하는 자만이 옳고 그름의 판단/판정까지도 차지할 수 있다는 식으로 언급되고 있다. 이와 같은 시구절에는 분명 돈에 대한 샤미소의 아이러니와 조소가 깔려 있다. 그렇지만 그 아이러니컬한 시선은, 회리슈의 정확한 해석을 빌리자면, 돈의 지배를 일방적으로 부정하기보다는 오히려 "실제적인 규범적 힘"으로서 돈이 사회적 상황을 좌우하는 상황을 냉정하게 관찰하고 있다. 즉, "다른 모든 것들보다 경제적 담론 방식"이 우선권을 쥐는, 더욱이 "합법적인 이유에서(von Rechtes wegen)" 그런 권한을 쥐고 있다는 점이 강조되고 있는바, 이에 대하여 회리슈는 다음과 같은 해석을 제시한다.

돈이 더 높은 권한을 갖는다는 강조를 조소와 냉소로 받아들인다면 그것은 핵심을 놓친 것이다. 오히려 낭만적 위트를 배제하지 않는 진지함으로 샤미소는 돈의 정당성뿐만 아니라 근대의 정당성을 제시하는 것에 관심을 두고 있다. 즉, 괴테 시대의 종말, 나폴레옹 전쟁의 종말과 함께 돈이 권력, 정신,

언어에 대해 기능적 우선권을 쥐는 현상 말이다. (……) 검과 펜, 권력과 정신의 시대가 이제 사라지게 되었기 때문이다. 헤겔의 동시대적 진단처럼 '마음의 운문(Poesie des Herzens)'이 사라지고 '관계의 산문(Prosa der Verhältnisse)'이 들어선 것이다.[15]

돈의 정당성, 근대의 정당성이 서로 연관된 소위 "관계의 산문"이 들어선 상황은 19세기를 넘어 오늘날까지도 더욱 심화되고 있다. 20세기 초의 사회학자 게오르크 짐멜이 『돈의 철학』(1900)에서 "그 형식의 추상성이라는 힘으로 돈은 공간과의 모든 특정한 관계를 넘어서 있다. 돈은 아주 먼 곳까지 그 영향력을 넓힐 수 있으며, 말하자면 돈은 매 순간 모든 잠재력 있는 권역 내에서 중심이다"[16]라고 언급한 것처럼, 샤미소 또한 매 순간 인간의 의식 속으로 침투하여 그림자나 영혼까지도 매도할 수 있는 돈의 힘을 문학적으로 형상화함으로써 그 의미와 영향력에 대한 성찰을 제시하고 있는 것이다. 더욱이 『페터 슐레밀』에서 돈은 무조건 부정적으로 묘사되어 있지만은 않다. 처음에는 왕으로, 후에는 백작

15 Jochen Hörisch, p. 27.
16 Georg Simmel, Philosophie des Geldes. Berlin 1958, p. 575.

으로 대접받는 마을에서 슐레밀은 가난한 이들을 위해 돈을 쾌척하는 행동을 보이며, 또한 착한 하인 벤델과 연인 미나도 슐레밀이 남긴 재산으로 병원 재단을 만들어 어려운 이들을 돌본다. 즉, 돈을 절대시하는 것이 아니라 '돈의 의미 있는 사용'이 중시되고 있는 셈이다. 이와 같은 점들을 고려해본다면, '낭만적 예술동화', '환상적 노벨레'로서의 『페터 슐레밀』은 단순히 그림자 상실을 애처롭게 읊는 "마음의 운문"이 아니라 돈의 지배력과 영향력 등에 의해 엮어지는 "관계의 산문"에 대해 독자로 하여금 성찰하도록 유도하는 작품이다.

IV. 그림자, 견고한 것, 가상

『페터 슐레밀』의 불어판은 1838년에 발행되었고, 죽기 직전에 샤미소는 서문을 실었다고 한다. 그의 사후인 1839년에 독일어판 『페터 슐레밀』이 재발간되었고, 이때 친구이자 출판업자 히치히는 자신의 서문에서 샤미소가 쓴 불어판 서문 중 다음과 같은 문장을 인용하고 있다.

교훈을 얻기 위해 독서하는 분별 있는 분들은 이 이야기를 읽고서 그림자가 무엇을 뜻하는지 불안해합니다. 몇몇 분들은 기묘한 가설을 내놓기도 하고, 어떤 분들은 저를 있는 그

대로의 모습보다 훨씬 더 박식하다고 간주하면서 저에게 과분한 명예를 부여하며, 저를 통해서 자신들의 의구심을 해결했다고 생각하는 것 같습니다. 그들이 저에게 쏟아붓는 질문을 보면 저의 무지 때문에 제 얼굴이 빨개질 정도입니다.[17]

위 대목은 작품을 발표 시 자신의 관점이나 의도를 제시하기보다는 독자의 적극적인 해석을 기대하는 모든 작가들의 작가적 아비투스(Habitus)인데, 특히 "저의 무지 때문에 제 얼굴이 빨개질 정도입니다"라는 말과 함께 샤미소는 자신을 낮추고 독자의 다양한 가설과 해석을 중시하는 모습을 내보인다. 어쨌든 한 가지 분명한 점은, 소설 출간 시 그림자의 의미가 동시대 독자에게 커다란 관심을 불러일으켰고, 또한 다양한 해석의 가능성을 열어주었다는 것이다. 그 가운데 특히 전통적인 선악 구도를 통해 도덕적 교훈을 얻고자 하는 이들이 그림자 상실의 불명확한 의미로 인해 약간 불안해했다는 반응이 샤미소의 입에 의해 전해지고 있는데, 이는 역설적으로 『페터 슐레밀』이 단순히 도덕적 교훈과 잣대로만 해석될 수 없는 작품임을 은밀히 암시해주고 있다.

---

17 A. v. Chamisso, Peter Schlemihls wundersame Geschichte, Nürnberg 1839, p. V.

또한 '계몽주의와 빛(태양)'이라는 17~18세기의 문화적 맥락에서 어두움(그림자)은 소중히 여겨질 수 없는 대상인데, 그런 맥락과 정반대로 소설에서는 그림자의 상실이 애처롭게 그려져 있는 것이다. 결국 그림자를 어떤 맥락에서 파악해야 좋을지가 모든 해석의 관건이 될 수 있다.

우선적으로 고려해볼 수 있는 맥락은, 흔히 '사물의 그림자', '영혼의 그림자' 같은 표현에서 알 수 있듯이, 그림자를 일반적으로 특정한 물질적 실체 내지는 형이상학적 본질(영혼)에 항상 부차적으로 뒤따르는 것으로 파악하는 시각이다. 형이상학적 본질과 그것의 그림자 간의 관계에 대해서는 차치할 경우, 물리학적으로 말하면 그림자는 물리적 덩어리가 빛을 받을 때 형성되는 비물리적인 것이고, 이를 역으로 말하면 비물리적인 그림자 없는 물리적인 사물이란 존재하지 않는다. 이러한 물리적인 법칙과 관련하여 소설은 양면적이다. 즉 한편으로 그림자 없이도 슐레밀은 존재하지만, 다른 한편 그림자 없는 슐레밀은 '마치 존재하지 않는 이'로 여겨진다. 후자의 경우 그 존재 여부는 물리적인 차원이 아니라 사회적인 차원에서 파악되는바, 즉 그림자 없는 슐레밀은 사회적 존재로서 인정받지 못하며 그로 인해 슐레밀은 고통스러워한다.

결국 그림자와 그것의 상실과 관련된 의미는 사회적 맥락

에서 조명될 수밖에 없으며, 그 맥락은 다양하게 파악되고
있다. 지금까지 연구된 결과로는 대체로, 1) 그림자와 마술
주머니 간의 거래에서 그림자는 돈만을 숭배하는 자본주의
적 의식과 타락을 지시하는 기호이며, 2) 그림자 상실은 잃
어버린 고향(조국)에 대한 기호이며, 3) 그림자 상실은 곧
집단적 기억의 상실에 대한 기호이며, 4) 그림자 상실은 정
상적인 시민적 연대성의 상실에 대한 기호이며, 5) 그림자
상실은 호모에로틱한 남성을 비정상적인 자로 낙인찍은 사
회적 기호이기도 하다.[18] 이 밖에도 최근에 제시된 후기구조
주의적 해석도 흥미롭다. 가령 포의 단편소설 「도난당한 편
지」에서 '편지'는 실체 없는 기호로 작동한다는 라캉의 해석
처럼, 샤미소의 작품에서도 '그림자'는 주체의 다양한 배치
를 야기할 뿐, 확고하고 명확한 의미와 내용이 부재한 채,
끊임없이 그 기호적 위치만이 옮겨지는 일종의 "전이된 기표
(der verschobene Signifikant)"로 작용한다는 것이다.[19]

---

18 집단적 기억으로서의 그림자에 대해서는 다음을 참조: Harald Weinrich,
Lethe. Kunst und Kritik des Vergessens, München 2000, pp. 144-154. 그림
자의 의미를 호모에로틱한 성향의 맥락에서 분석한 글로는 다음을 참조할 것:
Gert Mattenklott, Blindgänger. Physiognomische Essais, Frankfurt am Main
1986; Heinrich Detering, Das offene Geheimnis: Zur literarischen
Produktivität eines Tabus von Winckelmann bis zu Thomas Mann,
Göttingen 2002, pp. 155-172.

마지막으로 그림자의 상실은 곧 흑(어둠)의 상실을 뜻하는데, 이는 일종의 19세기에 본격화된 매체 사회로의 전환 현상을 암시한다는 것이다. 가령 백과 흑, 빛과 어둠(그림자)을 이용한 르네상스 이후의 시각 기계 매체, 예를 들면 카메라 옵스큐라(Camera obscura), 라테르나 마기카(Laterna magica), 파노라마(Guckkasten) 같은 전통적인 시각 기계 매체가 사라지고, 19세기 이후에는 오로지 빛과 감광성 재료에 의해서만 영상을 만들어내는 사진(photo: 빛 +graphy: 만들기)이 등장하고 그런 사진의 연속적인 결합으로서의 영화가 출현하는, 매체 사회로 전환되는 사회 문화적 현상을 『페터 슐레밀』은 예고하고 있다는 것이다. 이와 같은 새로운 영상 매체의 등장은 공교롭게도 대도시의 발달과 함께 거리 위에 밝은 전등(가로등)을 설치함으로써 어둠(그림자)을 점차 사라지게 만든 기술적 혁신과 함께하며, 따라서 그림자의 소멸은 그러한 시각 매체 및 기술의 발전과 함께하는 현상으로 해석될 수 있다.[20]

---

19 Alice A. Kuzniar, "Spurlos … verschwunden": Peter Schlemihl und sein Schatten als der verschobene Signifikant, in: Aurora 45, Tübingen 1985, pp. 189-204.

20 Michael Lommel, Peter Schlemihl und die Medien des Schattens, in: Athenäum, Jahrbuch für Romantik, Jg. 17(2007), pp. 33~50.

이와 같은 다양한 해석에도 불구하고 그림자에 대한 기본적인 해석이 있다. 그것은 소설의 주인공 슐레밀과 작가 샤미소를 동일시하는 전기주의적 관점에서 그림자의 의미를 밝히려는 시도다. 『페터 슐레밀』에 대한 친구 히치히의 논평에서 시작된 전기주의적 관점에 의하면, 그림자를 잃은 슐레밀의 모습은 곧 조국, 고향을 잃고 타지에서 살아가는 샤미소의 모습을 가리킨다는 것이다. 샤미소는 앞에서 언급한 것처럼 한편으로 독일과 프랑스 사이에서 다문화적 교류를 맺어주는 가교 역할을 수행하였지만, 다른 한편으로는 독일과 프랑스 중 어느 곳에도 소속되지 못한 채 영원히 떠도는 망명자의 삶을 살았다. 그림자가 없다는 이유로 배척당한 슐레밀이 곳곳을 떠돌다가 자연과학자의 삶을 살아가는 모습은, 특정한 민족 집단에 속하지 못한 채 영원히 이방인으로 존재했던 작가 샤미소의 모습과 흡사하다. 그러나 소설의 주인공과 작가를 동일시하는 전기주의적 관점은 여러 가지 점에서 설득력을 갖지 못한다. 우선 소설의 경우 슐레밀은 '돈' 때문에 자발적으로 자신의 그림자를 팔았다면, 작가 샤미소는 돈과는 관계없이 정치적인 현실로 인해 비자발적으로 조국 프랑스를 등지게 되었다는 점이다. 또한 비자발적으로 조국에서 멀어진(즉 그림자를 상실한) 그의 가족을 포함한 샤미소는―그림자를 팔아 적어도 경제적으로는 부를 향유했던 슐레밀과는 달리—오히려 심한 경제적인 어려움에 처했다고 한다. 전체적으로 보면, 슐레밀의 텍스트적 상황과 샤미소의 실존적 상황은 서로 정확하게 일치하지 않는다.

작가 샤미소의 생애를 근거로 슐레밀이 상실한 그림자의 의미를 조국, 고향 등으로 해석하는 전기주의적 해석을 좀 더 확대할 경우, 그림자는 다른 추상적인 개념으로 대체될 수 있다. 즉, 그림자는 인간이 특정 지역에서 태어나는 순간 자연적으로 혹은 사회문화적으로 획득하게 되는 '보편적인 것(das Allgemeine)'을 뜻하며, 그림자의 상실은 그런 '보편적인 것'의 상실을 말한다. 이에 대해서는 카를 바르텔이 다음과 같이 오래전에 분석한 바 있다.

그림자는 자연적 필연성에 의해 인간에게 주어진 어떤 것이다. 여러 가지 삶의 상황도 마찬가지로 해당되는데, 우리는 신적인 질서와 숙명적인 섭리에 의해 그런 상황 속에서 태어나고 자라나게 된다. 거기서는 혈족, 몸의 형태, 조국, 신앙, 가족, 계층 같은 것이 주어진다. 이것을 많은 이들은 성가시게 혹은 무관심하게 여기는데, 슐레밀이 자신의 그림자를 그렇게 여겼듯이 말이다.[21]

바르텔처럼 보편적인 것으로서의 그림자의 의미와 관련하여 민족적, 종교적 차원에서 인간에게 태생적으로 주어진 것(혈족, 몸과 피부색, 조국, 신앙, 가족, 계층 등)을 과도하게 강조할 경우, 이는 자칫 민족주의 내지는 인종차별주의를 신봉하는 파시즘적 이데올로기와 연결될 수 있다. 가령 특정 개인이 민족적, 종교적 특성을 지니지 않을 경우 그는 '우리와 동일하지 않다'(보편적인 것에 대한 강조)라는 이유로 사회적으로 소외되거나 배척될 수 있으며, 이는 1930~1940년대 독일 국가사회주의(파시즘)에서 그 실체를 드러낸 바 있었고 21세기 현재에도 폭력으로 작용하는 '극우적 민족주의' 경향에서 엿볼 수 있다.

그림자가 '보편적인 것'으로 설명될 수 있다면, 그 개념과 비슷한 의미에서 "견고한 것(das Solide)"이라는 개념도 언급된다. "견고한 것"이라는 개념은 사실 작가 샤미소가 앞서 언급된 불어판 소설 서문에서 처음으로 사용했으며, 그 대목은 다음과 같다.

　　마지막으로 언급된 '견고한 것'은 『페터 슐레밀』에서 중요

21　Karl Bartel, Vorlesungen über die deutsche Nationallitteratur der Neuzeit, 9. Auflage, Gütersloh 1879, p. 317.

하게 다루어지고 있다. 경제학은 돈의 중요성을 우리에게 가르쳐주고 있지만, 그림자의 중요성은 일반적으로 그다지 잘 인정되지 않고 있다. 신중치 못한 나의 친구(슐레밀)는 돈의 가치를 알고 있었기에 돈을 갈망했지만 견고한 것에 대해서는 전혀 생각하지 못했던 것이다. 그는 결국 자신이 값 비싸게 치른 수업을 통해 우리에게 도움을 줄 수 있기를 원했고, 그의 경험은 우리에게 "견고한 것에 대해 생각하라!(獨: Denket an das Solide!, 佛: Songez au solide!)"라고 말해주고 있는 것이다.[22]

"견고한 것(du solide, das Solide: 든든한 것, 확실한 것, 지속적인 것)"은 유별나지는 않지만 우리와 함께 지속하는 어떤 것을 말하는데, 그것에는 그림자 같은 자연적인 것뿐 아니라 사회적이고 문화적인 차원에서 후천적으로 습득된 다양한 것이 속할 수 있다. 위에서 언급한 국적, 가족, 성별, 종교 등 태어나면서 자연스럽게 획득되는 특성뿐 아니라 사회적이고 인간적인 공동생활 차원에서 갖게 되는 연대성, 유대성, 규범, 공통 감각 등도 "견고한 것"에 속한다. "견고

22 Josefine Nettesheim, Adalberts Chamissos botanisch-exotische Studien, in: Alois Eder u.a. (Hg.), Marginalien zur poetischen Welt, Festschrift für Robert Mühlher zum 60. Geburtstag, Berlin 1971, p. 202(Anm.15)에서 재인용.

한 것"에 대한 그와 같은 해석은 『페터 슐레밀』의 열렬한 독자였던 작가 토마스 만이 다음과 같이 제시한 바 있다.

『페터 슐레밀』에서 그림자는 모든 시민적 연대성과 인간적 소속성의 상징이 되고 있다. 돈과 마찬가지로 그림자는 우리가 사람들 가운데 살고자 할 경우 경외시해야만 하는 것으로 명명되고 있다. 또한 그림자는 우리가 오로지 자기 자신과 보다 나은 자기 자신만을 위해서 살고자 할 경우 단념해도 좋은 것으로 명명되고 있다. "견고한 것에 대해 생각하라!"라는 아이러니컬한 외침은 바로 우리가 오늘날 말하고 있는 시민들, 즉 낭만주의자들이 '범부들'이라고 지칭한 이들을 향한 것이다. 그러나 아이러니는 곤경에서 벗어나 우월한 태도를 취하는 것을 뜻하며, 어느 뛰어난 배제된 자의 고통을 진실로 함께 체험하듯 서술함으로써 이 작은 책은 젊은 샤미소가 정상적인 그림자 가치의 소중함을 고통스럽게 인정하고 있음을 입증해 주고 있다.[23]

이처럼 "견고한 것"으로서의 그림자의 의미를 "시민적 연

---

23 Thomas Mann, Reden und Aufsätze 1, in: Gesammelte Werke in 13 Bänden, Frankfurt am Main 1990, Bd. 9, pp. 56-57.

대성과 인간적 소속성"으로 파악하면서 토마스 만은 『페터 슐레밀』의 의미를 그런 연대성과 소속성을 상실할 수 있는 시대적, 사회적 위기에 대한 경종에서 찾고 있다. 그림자를 팔아버림으로써 슐레밀은 타인과의 유대 관계를 상실하여 내적, 외적 고통을 겪게 되며, 그런 점에서 그림자의 가치가 새삼 중시되고 있다는 것이다. 물론 토마스 만의 시각에서 예외적 존재는 있다. 가령 예술가의 경우 그림자의 상실(즉 사회적 연대성과 소속감과의 단절)은 반드시 부정적인 것 만은 아니다. 그렇기에 그림자의 상실은 "시민들", "범부들" 을 향한 예술가의 아이러니컬한 외침이라고 해석되고 있는 것이다(물론 그 외침이 예술가에게도 해당될 수 있겠지만 말 이다!). "견고한 것"으로서의 그림자에 대한 토마스 만의 시 각과 비슷한 선상에서, 마찬가지로 샤미소 연구가인 빈프 리트 프로인트도 돈과 정신, 자본과 도덕 간의 조화를 추구 하려는 샤미소의 의도를 전제하면서 그림자를 "시민사회에 서 존재하는 (……) 개개인에게 주어진 권한"으로 파악하고 있다. 따라서 그림자 매매는 곧 그런 시민사회의 도덕적, 인 본적 규범의 위반 행위로 비난될 수 있다고 한다.[24] 이 밖에

---

24 Winfried Freund, Die Dämonie des Geldes-Adelbert von Chamisso: Peter Schlemihls wundersame Geschichte, in: ders., Literarische Phantastik. Die

도 그림자는 명예(Ehre), 평판(Ruhm) 등을 뜻할 수도 있다.

이처럼 그림자 및 그것의 상실의 의미는 대체로 부정적으로 파악되는데, 여기서는 그 부정적 시각을 완전히 전복해 보고자 한다. 우선 토마스 만의 시각처럼 과연 "정상적인 그림자 가치의 소중함"만이 정말 소설에서 강조되고 있는 것일까? 나아가 "견고한 것에 대해 생각하라!"라는 샤미소의 언술은 정말 진실일까, 아니면 아이러니컬한 언술은 아닐까? 다르게 서술하자면, '보편적인 것, 견고한 것으로서의 그림자' 상실이 오로지 비난받아야만 하는 것인지에 대한 근본적인 질문을 제기해볼 수 있다. 그림자와 마술 주머니를 맞바꾼 슐레밀의 교환 행위는 비난될 수 있지만, 이후 그림자를 상실한 이에 대한 사회적 반응을 살펴보면 그들의 반응은 거의 '낙인찍기(Stigmatisierung)'에 가깝다. 요컨대, 모든 대중(연인 미나의 부모, 하인 라스칼, 여성들, 아이들, 아낙네, 문지기, 길을 가던 농부 등)은 그를 비난하거나 사회에 소속될 수 없는 이로 여긴다.

---

phantastische Novelle von Tieck bis Storm, Stuttgart/Berlin/Köln 1990, p. 58. 아울러 다음의 연구도 참고할 것: Winfried Freund, Adelbert von Chamisso, Peter Schlemihl. Geld und Geist. Ein bürgerlicher Bewußtseinsspiegel. Entstehung-Struktur-Rezeption-Didaktik. Paderborn/München/Wien/Zürich 1980.

성문에 도착했을 때 나는 다시금 어느 문지기의 목소리를 들었다.

"아니, 당신은 그림자를 어디다 두고 오셨소?"

마찬가지로 몇 명의 아낙네의 목소리도 들렸다.

"하느님 맙소사! 저 불쌍한 인간에겐 그림자가 없네!"

그 말을 듣자 몹시 역겨운 기분이 들기 시작했다. 나는 태양 아래에서 걸어다니는 것을 조심스럽게 피했다. 그러나 태양을 받지 않고 다닐 수 있는 곳은 아무 데도 없었다. 우선 나는 당장 브라이테가를 가로질러 갈 수밖에 없었다. 재수 없게도 아이들이 학교 수업을 마치고 나오는 시간이었다. 그때 아주 등이 굽은 장난꾸러기 녀석이─나는 녀석을 아직도 기억하는데─내가 그림자를 갖고 있지 않은 사실을 즉각 알아차렸다. 녀석은 큰 소리로 헐뜯기 좋아하는 도시 주변의 사람들에게 나를 알렸으며, 그들은 즉각 나를 비난하고 혹평하기 시작했다.

"성실한 사람은 태양 아래에서 걸어가면서 자신의 그림자를 잘 간직하는 법이지."

그들을 피하기 위해서 나는 한 줌의 금화를 내던졌고, 동정심 많은 이들이 구해준 임대 마차에 얼른 올라탔다.[25]

---

25 이 책의 31~32쪽.

이 소설 내의 한 장면은 "견고한 것"으로서의 그림자를 상실한 이를 비난하고 거부하는 목소리를 담고 있다. 특히 한 장난꾸러기 녀석의 행위는 마치 일방적인 이슈화를 통한 주변 세계의 선입견과 동조화("녀석은 큰 소리로 헐뜯기 좋아하는 도시 주변의 사람들에게 나를 알렸으며, 그들은 즉각 나를 비난하고 혹평하기 시작했다") 현상을 이끌어내고 있는 것이다. '보편적인 것, 견고한 것'으로서의 그림자를 상실한 이에 대한 이와 같은 대중적 비난은, 근대적 용어로 말하자면, 사회적 차별 및 배제 행위에 다름 아니다. 그렇다면, 오늘날 어떤 이들이 그림자를 상실한 이들에 해당되는 것일까? 특정 공동체의 보편적이고 견고한 것을 결여한(혹은 그 것으로부터 이탈한) 이들로는 예를 들면 다른 피부색의 망명자, 이주 노동자, 에이즈 환자, 동성애자 등 사회적 소수자(social minority)를 들 수 있다. 보편적인 것, 견고한 것을 주장하는 이들은 '우리와 같은'이라는 동일성 논리를 통해 무차별적으로 사회적 소수자를 억압하게 마련이다. 따라서 비난의 대상은 사회적 소수자가 아니라 동일성 논리로써 '특별한 이', '다른 이', '낯선 이'를 배제하거나 소외시키는 대중들이다. "견고한 것을 생각하라!"라는 작가 샤미소의 '교훈적' 언술은 어쩌면 "견고한 것"에 대한 무조건적 긍정이라기보다는 슐레밀이 처한 상황, 즉 견고한 것의 결여로 인해 사회적 소수자가 겪는 사회적 배제의 아픔과 고통에 대해서도 함께 생각해보라는 성찰적 환기로 읽힌다. 그와 같은 점은 다음과 같은 묘한 반문의 뉘앙스로 끝을 맺는 소설의 마지막 대목에서 유추된다.

친구여, 자네가 사람들 사이에서 살고 싶다면, 무엇보다도 그림자를 중시하는 법을 배우게나. 돈은 그다음일세. 오로지 자네와 자네의 더 나은 자아를 위해서만 살고 싶다면, 오, 자네에게는 아무 충고도 필요 없네.[26]

앞의 문장은 분명 그림자의 의미를 강조하고 있다. 그것도 사회적인 인간으로서 많은 이들과 함께 살기 위해서는 반드시 보편적인 것(일차적으로 그림자, 이차적으로 돈 등)을 중시하라는 것이다. 그러나 그다음 문장은 기이하게 들린다. 즉, 사회적 공동체에서 벗어난, 오로지 "자네와 자네의 더 나은 자아를 위해서만 살고 싶다면, 오, 자네에게는 아무 충고도 필요 없네"라는 구절은 보편적인 것을 중시하라는 교훈적 충고를 뒤집는 일종의 자기 성찰적이고 자기

---

26 이 책의 131쪽.

파괴적인 아이러니와도 같다. 역으로 말하면, "더 나은 자기 자신"과 함께 홀로 지내는 고독한 자연과학자로서의 슐레밀의 모습은 나름 의미가 있으며, 이 경우 '보편적이고 견고한 것'은 전혀 필요 없는 것이다. 특히 슐레밀이 자신의 그림자만을 팔았을 뿐 영혼은 팔지 않았다는 점은, 사회적 공동체의 보편성을 결여한 사회적 소수자임에도 불구하고 자기 정체성만을 간직하고 있음을 말해준다. 따라서 작품 전체는 '사회적 보편성과 개인의 특수성' 간의 대립 관계에 있으며, 특히 후자도 존재론적 차원에서 매우 중요한 의미를 지니고 있음을 암시해준다. 결국 이 작품은 그림자(보편적이고 견고한 것)의 상실을 단순히 경고하는 도덕적이고 교훈적인 측면만을 중시하고 있는 것이 아니라 어쩌면 '사회적 인간'과 '자연적(혹은 낭만적) 개인' 간의 서로 화해할 수 없는 관계에 대한 아이러니를 내포하고 있는 것이다.[27] 한편으로 그림자 상실이 가져온 사회적 고립이 전반부에 부정적으로 서술되고 있지만, 다른 한편으로 그림자 없이 살아가는 고독한 삶이 후반부에는 나름 긍정적으로 제시되고 있는바, 이와 같

---

27 Christine Schlitt, Chamissos Frühwerk: von den französischsprachigen Rokokodichtungen bis zum <Peter Schlemihl> (1793-1813), Würzburg 2008, p. 212.

은 양자 사이에서의 부유가 곧 낭만적 아이러니의 양가적 맥락을 형성한다.

　마지막으로 지금까지 시도한 해석과는 완전히 다른 맥락에서 그림자 및 그것의 상실에 관한 의미를 짚어볼 수 있다. 서구 신화나 고대 주술적 문화에서 그림자는 흔히 영혼의 거울상, 유령, 자아의 도플갱어, 밤/어둠/죽음 등과 연계된 부정적인 함의로 파악되었으며, 전통적인 서양 철학도 그림자를 실재가 아닌 가상(仮象) 혹은 무(無)와도 같은 것으로 부정적으로 폄훼했다. 그 대표적인 예로는 플라톤의 『국가론』에 나오는 유명한 '동굴의 우화'에서의 그림자를 들 수 있는데, 거기서 그림자는 실재가 부재해 있는 상태, 즉 환영(幻影) 내지는 거짓된 세계를 지칭하는 철학적 언어로 사용된다. 그림자에 현혹된 삶은 진정한 삶이 아닌 것이다. 요컨대, 진리와 허위, 본질과 가상, 실재와 환영(그림자) 등은 모두 전통적인 형이상학의 대립 코드에 속한다. 이러한 형이상학적 대립쌍을 바탕으로 보면, 그림자 상실은 곧 "부재해 있는 것의 부재(Abwesenheit des Abwesenden)"와도 같다. 배가된 부재 상태와도 같은 그림자 상실과 관련하여 샤미소는 전통적인 형이상학적 사유 체계를 완전히 전복하는 반플라톤주의자의 모습을 내보이는데, 즉 실재(본질)보다는 마치 그림자(가상, 환영)를 더욱 근원적인 것(일종의 영혼의 신체)으로 간주하거나 혹은 양자의 관계를 불가분의 관계로 완전히 전도시키고 있는 것이다. 사실 그림자는 일상에서 거의 인식되지 않는 것, 어떻게 보면 하찮은 것, 글자 그대로 부재해 있는 것, 환영(幻影)일 수 있다. 그러나 『페터 슐레밀』은 역설적이게도—혹은 오늘날의 매체 시대의 현상처럼—가상, 환영, 그림자가 존재할 때 비로소 인간의 인간됨 혹은 인간의 개인성(Persönlichkeit)이 인정되는 아이러니컬한 현상을 시사하고 있다. 이처럼 전통적인 형이상학적 사유 체계를 전복시키는 시각은, 8장에서 여행객으로 위장한 회색 옷 입은 남자가 가상의 철학적 체계를 장황하게 늘어놓는 말을 듣고서 슐레밀이 순간 다음과 같이 긍정적으로 동조하는 대목에서 알 수 있다.

그런데 언어 마술사 같은 내 동행자는 대단한 재능으로 단단하게 지어진 하나의 건축물을 내게 보여주는 듯했다. 그 건축물은 그 자체로 규정되어 솟아오르는 듯이 보였고, 어떤 내적 필연성으로 존속하는 것처럼 보였다. 다만 내가 그 안에서 찾고 싶었던 것이 그 건축물 안에는 결여되어 있기에 아쉬웠고, 그저 단지 하나의 단순한 예술 작품처럼 느껴졌다. 그럴듯한 완결과 완성을 지닌 예술 작품이 흔히 사람들의 눈을 황홀하게 만들듯이 말이다. 어쨌든 나는 유창하게 떠드는 그 남자의 말을 기꺼이 경청했다. 그는 나로 하여금 자신에게 몰두하도록 했고, 그 덕분에 나는 고통을 잊을 수 있었다. 그가 내 정신과 주의력을 요구했더라도 나는 기꺼이 그를 받아들였을 것이다.[28]

철학적 사유 체계나 예술 작품은 그 자체로만 가상의 내적 필연성 내지는 완전성을 구축할 뿐 수용자에게는 그 어떤 만족을 줄 수 없다는 점("내가 그 안에서 찾고 싶었던 것이 그 건물 안에는 결여되어 있기에")이 비판되고 있다. 『페터 슐레밀』에서는 절대 원칙으로 자리 잡은 돈이 비판되고 있지만 그와 동시에 그와 같은 가상의 완결성만을 추구하는 '근대의 형이상학의 철학과 예술'도 마찬가지로 비판되고 있는 것이다. 부분과 전체 간의 조화를 바탕으로 하는 아름다운 "건축물"과도 같은 형이상학적 철학과 예술, 경제적 자본(돈)이 보장해주는 '행복한' 세계, 이것들은 근대 사회에서 상호 연관성을 구축하면서 삶의 목표처럼 설정되고 있지만 실은 본질을 결여한 가상(그림자) 자체에 지나지 않는다는 것이다. 물질적으로 충족된 상황에서 그림자(가상)를 되찾고 싶어 하는 슐레밀의 애절한 모습이나 그런 형이상학

---

28   이 책의 101쪽.

적 가상을 유일무이한 본질처럼 받아들이는 근대의 논리—이를 회색 옷 입은 남자가 주도하지만—는 결국 비슷한 맥락을 형성한다. 요컨대, 전통적인 본질과 가상 간의 대립적 관계가 해체되고 그 대신 '가상(그림자)이 곧 본질이다'라는 새로운 동일성 논리가 근대에서 관철되고 있는 것이다. 회색 옷 입은 남자는 그런 본질로서의 가상(그림자)을 수집하는 "최후의 형이상학자"에 다름 아닌 셈이다.

샤미소의 소설에서 별로 주시되지 않았던 중요한 점들 가운데 하나는, 형이상학적 이분법적 코드에서 경제적인 이분법 코드로 전환하는 근대에 대해 하필이면 '회색 옷' 입은 자가 저항하고 있다는 것이다. 소설에서 그는 악마로서 컴플러지하고 있다. 그는 다만 플라톤의 동굴의 우화에서 나오는 그림자에만 열정적인 관심을 가지고 있을 뿐 돈으로는 아무것도 얻으려 하지 않는다. 그 악마가 그림자를 사들인 까닭은, 그의 욕망이 플라톤의 지하 세계에만 향해 있기 때문이다. 그 그림자를 위해서 그는 엄청난 금액을 제공한 것이다. 악마가 최후의 형이상학자(사실 형이상학자는 마지못해 악마로 존재하는 것이 아닐까?)라는 점은, 탈형이상학적 시대에 그 불쌍한 악마가 근원적인 형이상학적 요청에 얽매어 있다는 점에서 분명해진다. 즉 "모든 수수께끼들의 해결인 궁극적인 언어를 발

견"하려는 모습에서 말이다.[29]

V. 샤미소와 슐레밀, 사실과 허구의 '숨바꼭질 놀이'

근본적으로 『페터 슐레밀』은 19세기에 본격적으로 작동한 경제 자본으로서의 '돈'이 절대 원칙으로 자리 잡은 사회 현실을 비판하는 알레고리로 읽히지만, 이러한 내용적 측면 이외에 소설은 형식적 측면에서도 매우 파격적이고 흥미로운 점을 지니고 있다. 그것은 무엇보다도 사실과 허구를 넘나드는 매우 '(탈)근대적인' 유희적 서술 방식의 작동에 있다. 사실과 허구, 작가와 서술자 간의 경계를 해체시키는 현상은 샤미소를 비롯하여 여러 낭만주의 작가들(슐레겔, 티크, 호프만)에 의해 즐겨 사용된 문학적 수법으로서 일종의 "숨바꼭질 놀이(Versteckspiel)" 수법이며, 이는 '사실(fact)'과 '픽션(fiction)'의 결합인 '팩션(faction)'의 문학적 효과를 더욱 더 강화하는 탈근대적(포스트모더니즘적) 서술 수법으로 다시 각광받고 있다. 『페터 슐레밀』이 집필되었을 때 저자 샤미소는 친구이자 출판업자인 히치히에게 글을 보냈는데, 그 글은 소설의 서문으로서 흥미로운 내용을 담고 있다. 그 서

---

29 J. Hörisch, p. 28.

문에 의하면, 샤미소, 히치히 등과도 교류했다는 슐레밀이란 친구가 자신이 쓴 원고를 샤미소 자신에게 건네주었다는 것이다.

　사람을 결코 잊지 않는 자네라면 페터 슐레밀을 아직도 기억하고 있을 걸세. 왜 몇 년 전쯤 자네는 내 집에서 그를 몇 번인가 보지 않았나. 다리가 긴 그 친구를 사람들은 좀 어수룩하다고 생각했을 걸세. 그도 그럴 것이 그는 왼손잡이었고 그의 굼뜸 때문에 게으르다고 여겨졌기 때문이지. 나는 그런 그를 매우 좋아했네. 에두아르트, 우리가 "푸른 시절"에 서로 소네트를 지으면서 보냈던 일을 자네는 잊을 수 없을 거야. 당시 차를 마시며 문학을 논하던 모임에 나는 슐레밀을 데리고 간 적이 있었지. 한데 글이 낭독될 때까지 기다리지 못하여 그는 내가 글을 쓰는 동안 이미 잠에 빠지고 말았었지. 당시 자네가 그를 두고 했던 농담을 나는 아직도 기억하고 있네. 언제 어디서인지는 모르겠지만 자네는 당시 항상 기다란 검은색 재킷을 입고 있던 슐레밀을 보고서 다음과 같이 말을 했었네. "저 녀석의 마음이 저 재킷의 반만큼이나 영원하다면 녀석은 행복한 사람이라고 볼 수 있겠지."

　녀석은 자네 눈에 그리 띄지 않았었지. 하지만 나는 그를 매우 좋아했네. 그런데 아주 오랫동안 소식이 끊겼던 슐레밀이 작은 노트를 보내왔고, 그것을 내가 자네에게 전달하고자 하네. 나의 가장 가깝고 다정한 친구이자, 그 어떤 비밀도 감출 수 없는, 더욱 훌륭한 나의 분신과도 같은 자네에게 말이야. 그리고 아주 자명한 일이겠지만, 자네와 마찬가지로 내 마음 속 절친인 우리의 푸케에게도 전달하려고 하네. 물론 시인으로서의 푸케가 아니라 친구로서의 푸케를 생각하면서 나는 이 책을 전달할 것이네.

(……)

이 노트가 어떻게 내게 주어졌는지에 대해 한마디만 더 적겠네. 어제 아침 일어났을때 그 노트가 내게 전해졌네. 사람들의 말로는, 낡은 검은색 외투 차림를 입은, 축축하고 비가 내린 날씨인데도 장화 위에 슬리퍼까지 신은 기다란 흰 수염의 괴상한 남자가 내 안부를 묻고는 나를 위해 이 노트를 남기고 갔다고 하네. 자신은 베를린에서 왔다고 전하면서 말이야.

1813년 9월 27일
쿠네스도르프에서

샤미소

* P. S. 그때 막 자기 방 창가에 있던 재능 있는 레오폴트가 그

기인을 스케치했는데, 그 그림을 첨부하겠네. 그림의 가치가 훌륭하다고 평가했더니 그는 선뜻 그림을 내게 선사했네.[30]

호프만의 장편소설 『수고양이 무르의 인생관』에서도 '편집자로서의 호프만'의 서문이 소설 처음에 실려 있고 그 '호프만'이 '저자로서의 호프만'과 동일시될 수 있는지가 애매해짐으로써 사실과 허구의 경계가 해체되는데, 『페터 슐레밀』의 경우에도 마찬가지로 슐레밀의 원고 수령자이자 원고 전달자로서의 '샤미소'가 실제 '작가 샤미소'와 동일시될 수 있는지 매우 애매해진다. 물론 실제 존재했던 작가 샤미소는 『페터 슐레밀』의 창작 주체로서의 저자임이 틀림없지만, 위 서문에 등장하는 샤미소는 창작 주체로서의 샤미소가 아니며 그는 마찬가지로 실제 존재했던 자로서의 슐레밀로부터 원고를 받아 이를 친구 히치히와 푸케에게 건네 준 사람이다. 서문의 샤미소는 일종의 매개자 역할을 수행하는 인물로 제시되고 있다. 이렇듯 원고를 수령하고 전달하는 역할을 하는 샤미소는 도대체 누구일까? 그는 소설의 인물인가 아니면 실제 작가 샤미소인가? 원고의 저자는 누구인가?

---

30 이 책의 13~16쪽.

샤미소인가 아니면 슐레밀인가?

　물론 저자 샤미소는 여러 가지 점에서 슐레밀에게 자신의 삶과 관련된 주변 요소를 부여하고 있으며 샤미소와 슐레밀 간의 동일성을 암시하고 있다. 가령 그는 소설에 '벤델'이라는 자신의 실제 하인과 자신이 키우던 푸들도 등장시키고 있다. 이 밖에도 다음과 같은 두 가지 장면의 경우를 통해서도 사실 슐레밀과 샤미소 간의 동일성을 유추해볼 수 있다.

　그때 나는 자네에 대한 꿈을 꿨네. 꿈속에서 나는 마치 자네의 작은 방 유리문 뒤에 서 있는 듯했고, 해골과 한 다발의 말린 꽃 사이에 놓인 책상 위에 자네가 앉아 있는 듯했지. 자네 앞에는 할러, 훔볼트, 리네의 책이 펼쳐져 있었고, 소파 위에는 한 권의 괴테 책과 푸케의 소설 『마법의 반지』가 있었네. 나는 자네를 오랫동안 바라봤네. 자네 방 안에 있는 모든 물건을 보았고, 그리고 다시 자네를 바라봤지. 자네는 전혀 움직이지 않았고 숨소리도 내지 않았지. 자네는 죽어 있었던 거야.[31]

　기분 좋은 꿈 속에서 우아한 형상들이 신선한 춤과 함께 뒤

31　이 책의 33~34쪽.

섞였다. 머리에 화환을 쓴 미나가 내 옆으로 지나가면서 다정히 내게 웃음을 지었다. 성실한 벤델도 꽃으로 치장을 했으며 다정스럽게 인사를 하며 서둘러 지나갔다. 많은 것을 보았는데, 내 생각으론 자네 샤미소도 저 멀리 혼잡 속에서 보였던 것 같아. 밝은 빛이 들어왔고, 그 누구도 그림자를 가진 사람이 없었어. 더욱 이상했던 점은 그것이 그리 기분 나쁘지 않았다는 거야. 꽃, 노래, 사랑, 그리고 종려나무 숲속에서의 기쁨. 나는 움직이는, 가볍게 불어오는 사랑스러운 모습들을 붙잡을 수도, 가리킬 수도 없었지. 그러나 나는 그러한 꿈을 기꺼이 꾸고 싶었고, 깨어나지 않기 위해 나 자신을 붙잡아두고 있었어. 사실 실제로 나는 깨어 있었지만 눈을 감고 있었지. 그 부드러운 모습들을 오랫동안 내 마음 앞에 두고 싶어서.[32]

두 가지의 꿈의 장면이다. 전자의 경우 슐레밀이 그림자를 상실한 후 최초로 겪는 절망적인 상황으로서 호텔 방에 숨어 지내다가 잠든 상태에서 죽어 있는 샤미소의 모습을 꿈꾸고 있는 장면이다. 허무를 주제로 삼는 바로크식의 정물화("해골과 한 다발의 말린 꽃 사이에 놓인 책상 위에 자

---

32 이 책의 112쪽.

네가 앉아 있는 듯했지") 배경 내에서 친구 샤미소가 죽어 있는 듯한 꿈의 묘사는 사실 슐레밀 자신의 극단적인 절망을 암시해주는 기능을 한다. 따라서 꿈을 매개로 슐레밀과 샤미소가 동일시되고 있는 셈이다. 후자는 벤델, 미나, 대중 속에서의 샤미소 등에 대해 슐레밀이 꿈을 꾸는 장면인데, 이는 그림자를 결핍한 자신과 모든 이들이 함께 평화로운 상태를 유지하는 가운데 곧 다가올 자연과학자로서의 삶, 즉 자연과 하나가 된 고독하지만 행복한 삶을 기꺼이 살아가려는 의지가 반영된 꿈이다. 여기서도 샤미소와 슐레밀은 하나가 되고 있는 셈이다. "슐레밀의 절망과 샤미소의 죽음, 슐레밀의 자기 화해와 샤미소의 그림자 없는 행복 간의 유사성"[33]은 곧 저자와 인물(주인공), 실제와 허구 간의 동일성을 충분히 암시하는 셈이다. 그러나 소설 속의 샤미소가 정말 실존 작가 샤미소와 동일한 이일까? 실존 작가로서의 저자 샤미소, 그리고 그가 창작한 『페터 슐레밀』이라는 작품 등에 대한 문학사적 지식이 전제되어 있지 않을 경우, 독자가 서문을 통해 알 수 있는 점은 서문에 등장하는 샤미소라는 인물은 실존 작가 '샤미소'와 허구적 인물 '샤미소' 간의

---

33 Heinrich Detering, Das offene Geheimnis, p. 164.

사이 공간에 위치해 있다는 것이다. 그런 애매함과 불확정성을 더욱 증폭시키고 있는 까닭은, 샤미소의 서문에 의하면, 슐레밀이 샤미소, 에두아르트, 푸케 등을 비롯한 여러 친구들과 함께 문학 살롱에 참석했던 자로 설명되고 있기 때문이다. 이처럼 원고를 쓴 자와 그 원고를 건네받은 당시의 상황, 그리고 '추신'에서처럼 샤미소의 친구 레오폴트가 당일 슐레밀의 모습을 순간적으로 그려냈다는 점―이 모든 점은 문학사의 지식을 지닌 독자에게 허구적 상황 설정으로 비추어지지만―은 실존 인물로서의 슐레밀을 충분히 보장해주고 있는 셈이다. 한 걸음 더 나아가 다른 방식으로 소설은 그 실제적 진정성을 강화하는데, 가령 슐레밀 스스로가 텍스트 내에서 친구 샤미소에게 원고를 건네겠다는 다짐의 말을 적고 있는 것이다.

사랑하는 친구 샤미소, 나의 환상적 이야기를 간직해줄 사람으로 나는 자네를 선택했네. 물론 내가 이 지상에서 사라질 경우 그 이야기가 많은 이들에게 유용한 가르침으로 작용할 것이라는 목적에서 말이야.[34]

---

34 이 책의 131~132쪽.

사실과 허구 간의 경계 해체를 한층 더 흥미롭게 강화시키고 있는 점은 다름 아닌 원고를 전달받은 친구 푸케의 반응이다. 허구적 창작물을 사실처럼 보이게 하려 했던 친구 샤미소의 의도를 간파한 푸케는 스스로 슐레밀과 친분을 재차 확인해주면서 히치히에게 보내는 헌사 형식의 서문을 덧붙이는데, 이는 푸케의 뛰어난 재치이면서도 동시에 푸케 자신도 허구의 공간 속으로 발을 디뎌놓는 것과도 같다.

에두아르트, 이야기를 들여다보지 못하는 눈들에게 우리는 이 가엾은 슐레밀의 이야기를 발표하지 않은 채 간직해야만 하겠지. 물론 그것이 썩 좋은 책무는 아닐 거야. 이야기를 제대로 들여다보지 못하는 사람들의 눈은 정말 많기 마련이지. 그런데 구두로 표현된 말보다 몰래 간직해두는 것이 더욱 좋지 않을 수도 있는 그런 원고의 경우, 누가 감히 그 원고의 운명을 결정할 수 있을까. 불안한 마음에 차라리 절벽 밑으로 떨어지는 듯한 현기증을 느낀 사람처럼 나는 그 일을 해야 할 것 같아. 그래, 나는 전체 이야기를 인쇄하도록 하겠네.

(······)

끝으로, 많은 경험을 통해 나는 그 점을 확신하고 있는데, 인쇄된 책들에는 하나의 정신이 있는 법이네. 그 정신이 책들을 올바른 손 안으로 인도하며, 항상 그렇지는 않지만 부당한 손들이 침범하지 못하도록 해주지. 하여튼 모든 순수한 정신적 일과 마음의 일 앞에서 그 정신은 보이지 않는 커튼의 고리를 쥐고서 그릇됨이 없는 능숙한 솜씨로 그 커튼을 열고 닫는 일을 한다네.

나의 사랑스러운 친구 슐레밀, 나는 자네의 미소와 눈물을 그런 정신에 맡기려 하네. 신의 가호가 있기를!

푸케[35]

실은 샤미소의 원고를 읽고 감탄을 금치 못한 푸케였지만, 그는 샤미소의 원고가 아니라 슐레밀의 원고임을 확인해주면서 히치히에게 원고의 발간을 강력히 추천한다고 밝힌다. 더욱이 이러한 출판 과정에서 푸케는 원작자 샤미소에게 알리지도 않으면서 히치히에게 바치는 헌사를 샤미소의 서문 앞에 살짝 집어넣는 기지를 발휘함으로써 소설의 전체 구조적 차원에서 한층 더 재미를 돋우고 있는 것이다. 그러나 문헌학적으로 접근해보면, 이 점도 사실 불확실하다. 왜냐하면 '푸케'라는 이름의 헌사 형식의 서문을 과연 푸

---

35 이 책의 10~12쪽.

케가 스스로 작성한 것인지 아니면 푸케의 이름을 빌려서 샤미소가 작성한 것인지 아직도 문헌학적으로 확실히 밝혀지지 않았기 때문이다.[36] 이러한 텍스트 생산의 불투명한 과정이 동시에 혼재함으로써 실제와 허구 간의 경계는 더욱더 애매해진다.

어쨌든 샤미소와 이 작품의 창작 배경에 관한 지식을 지닌 독자라면, 서문과 그 내용이 소위 허구에 '진정성'을 부여하려는 작가 샤미소의 창작 수법임을 알 수 있다. 그러나 그와 같은 배경 지식을 갖고 있지 못한 일반 독자에게는 사실과 허구의 경계가 매우 애매해진다. 특히 사실과 허구의 경계 해체는 쌍방향적으로 진행된다. 한편으로 허구적 인물 슐레밀이 마치 실존하는 인물로서 표현되고 있다는 점에서 허구가 사실로 전환하고 있으며, 다른 한편으로 작가 자신과 그 작가의 친구(푸케, 히치히)들도 자신들의 이름을 대고 있지만 사실은 그들 모두 허구적 이야기 공간 속으로 들어온다는 점에서 사실이 허구로 전환하고 있다. 이처럼 사실과 유희의 경계를 유머러스하게 해체하는 방식은 출판 당시의

---

36 이에 대해서는 최근의 학위논문이 잘 정리해놓고 있다: Volkmar Rummel, Enslerische Phantasmagorien. Intermedialität und Intertextualität in Erzählungen von E.T.A. Hoffmann, Chamisso und Jean Paul, aus: https://www.google.de/?gws_rd=ssl#q=enslerische+Phantasthmagorie.

책 겉표지에도 투영되는데, 그 겉표지는 "아델베르트 폰 샤미소에 의해 전달되고, 프리드리히 드 라 모트 푸케에 의해 출판되었음"이라는 기이한 부제를 지니기 때문이다. 1814년 초판 출판 당시의 겉표지는 다음과 같다.

이 겉표지를 보면, 푸케가 히치히에게 출판을 권하는 서문과는 달리, 샤미소의 소설 출판은 히치히가 아닌 푸케에 의해 진행된다. 그 이유는 히치히가 아내의 죽음으로 인해 그사이 출판업을 그만두고 법조계로 되돌아갔기 때문이며,

이에 푸케는 1814년 뉘른베르크에 있는 요한 레온하르트 슈라크가 운영하는 출판사에서 자신의 이름으로 샤미소의 소설을 발행한다. 그러나 샤미소의 사망 이듬해인 1839년에 소설은 히치히에 의해 정식 판본 형태로 재출간되며, 이때 히치히도 스스로 서문을 쓰게 된다. 결국 1839년판의 경우 "발행자의 서문(히치히)—율리우스 에두아르트 히치히에게(샤미소)—"히치히에게(푸케)"라는 세 가지 서문 형식의 글이 모두 들어가게 된다.

이처럼 주인공 슐레밀, 샤미소, 푸케, 히치히 등 여러 인물이 서로 얽히는 출판 과정만이 흥미로운 점은 아니다. 소설의 진행 과정 중에서도 사실과 허구의 경계 해체는 다양하게 제시되는데, 특히 원고의 집필자(혹은 저자)로 자칭하는 슐레밀이 자신의 삶을 서술해나가는 도중 곳곳에서 샤미소에게 직접 말을 건네는 장면을 들 수 있다. 몇 대목만 인용해보기로 하자.

사랑하는 벗 샤미소, 자네 판단을 매수하기보다는 오히려 나를 자네 판단에 맡기려 하네.[37]

---

37 이 책의 92쪽.

내가 무엇을 해야 한다고 생각하나? 내 친구 샤미소, 자네에게 이러한 일을 고백하는 것조차도 창피해서 얼굴이 달아오를 지경이네.[38]

착한 벗 샤미소, 나는 자네가 사랑이 무엇인지 잊지 않았기를 바라네. 나는 자네가 많은 점을 보충하도록 내버려두겠네.[39]

슐레밀이 샤미소와 문학 살롱에 함께 참석했었다는 정황, 그리고 샤미소가 슐레밀로부터 원고를 전달받았다는 정황 등에 대해서는 독자는 이미 서문을 통해 알고 있다. '원고 집필자 내지는 저자로서 슐레밀'은 그런 정황을 마치 입증하려는 듯, 자신이 평소 샤미소와 친하게 지내왔음을 곳곳에서 말하고 있는 것이다. 자신이 처한 상황에 대한 판단과 고백, 샤미소를 꿈속에서도 봤다는 친밀감, 그리고 "나의 환상적 이야기를 간직해줄 사람"으로 샤미소를 지목하고 있는 구절 등등 모든 대목이 슐레밀이 샤미소에게 건네는 말이다. 문학사적으로 보면 당연히 샤미소는 저자이고 슐레밀은 소설의 주인공이다. 그러나 이 점을 정확히 모르는 독자는

---

38 이 책의 32~33쪽.
39 이 책의 60쪽.

서문과 텍스트 내의 여러 대목에 의해 착각에 사로잡힐 수 있다. 앞서 언급했듯이, 허구의 사실화와 사실의 허구화가 쌍방향에서 작동함으로써 그 착각은 더욱 강화된다. 이와 같은 쌍방향적, 이중적 서술 전략과 관련하여 '저자란 무엇인가'라는 질문이 제기되고 그 답변 또한 모호해진다. 도대체 누가 이야기의 저자이고 진정한 서술자인지 모든 점이 불명확하다. 위에서 인용한 대목들의 경우에서도, 슐레밀이 정말 샤미소에게 말을 건네는 것일까 아니면 샤미소가 슐레밀이라는 허구적 인물의 가면을 빌려 자신에게 말하는 것일까, 또한 슐레밀이 소설 속에서 말을 건넨 샤미소가 과연 저자 샤미소를 가리키는 것일까 아니면 그 샤미소라는 이름은 혹시 '독자를 가리키는 이름'은 아닐까, 등등 다양한 질문이 제시된다. 궁극적으로 이 작품에서 저자, 허구적 인물, 독자 사이의 경계가 모두 흔들리게 되며, 발자크 소설의 서술 방식과 관련하여 바르트가 던진 질문은 19세기 초엽에 출간된 『페터 슐레밀』에도 마찬가지로 적용될 수 있다.

소설 『사라진』에서 발자크는 여자로 가장한 거세된 자에 관해서 다음과 같이 서술하고 있다. "그녀의 갑작스러운 두려움, 그녀의 이유 없는 변덕, 그녀의 본능적인 불안, 그녀의 까닭 모를 대담함, 그녀의 허세, 그녀의 섬세하고도 부드러운 감수성, 그녀는 분명 여자였다." 누가 이렇게 말하고 있는 것일까? 그것은 여자 아래 감추어진 그 거세된 자를 모르는 척하기 위한 소설의 주인공인가? 아니면 자신의 개인적 체험에 의해 여성에 대한 철학을 갖게 된 개인 발자크인가? 아니면 여성성에 관한 '문학적' 관념을 언명하는 저자 발자크인가? 아니면 그것은 보편적 지혜 그 자체인가? 낭만적 심리학인가? 우리가 그것을 영원히 아는 것은 불가능한 일이다. 왜냐하면 글이란 모든 목소리, 모든 근원을 파괴한다는 단순한 이유에서 그렇다. 글이란 우리의 육체가 도주해버린 저 불특정한, 비통일적인, 불고정적인 장소이다. 글이란 글쓰는 육체의 정체성에서 시작된 모든 정체성이 해체되기 시작하는 흑백(중성, 복합체)이기 때문이다.[40]

저자를 근원으로 삼는 전통적인 글 읽기가 낭만주의의 포에틱한 텍스트에서는 궁극적으로 불가능하다. 저자 '샤미소', 그리고 그와 동일시되곤 하는 '슐레밀'도 텍스트 내에서 찾을 수 없기 때문이다. 저자의 근원이 부재하고 허구와 사실의 경계가 해체된 텍스트는 무한한 자기 유희만을 전개할

---

40 R. Barthes, Der Tod des Autors, in: Jannidis/Lauer/Martinez/ Winko(Hg.),
   Texte zur Theorie der Autorschaft, Stuttgart 2000, p. 185.

뿐이며, 독자는 '독서의 즐거움'과 함께 사실과 허구를 구분하지 못한 채 그 무한한 유희에 자신을 내맡길 뿐이다. 친구 히치히에 따르면, 그와 같은 텍스트의 유희적 속성 때문에 샤미소 스스로도 궁극적으로는 무엇을, 특정한 어떤 '의도'를 갖지 못했다고 한다.

> '슐레밀'이라는 인물로 무엇을 염두에 두고 있는지라는 질문을 던지면서 우리는 샤미소를 괴롭혀왔다. 그런 질문은 그를 가끔은 기쁘게 했지만, 가끔은 화나게 만들기도 했다. 정말이지 그는 아무런 전문적인 의도를 갖고 있지 않았다. 어떤 속물적인 답변을 주기 위한 전문적인 의도를 그는 전혀 의식하고 있지 않았다.[41]

"속물적인 답변"과 관련된 저자의 특정한 의도가 텍스트에는 부재해 있으며, 텍스트는 다만 환희와 성찰, 도취와 냉정 사이에서 자유롭게 부유하고 있을 뿐이다.

최문규

---

[41] Peter Schlemihl's wundersame Geschichte, mitgetheilt von Adelbert von Chamisso, Nürberg 1839, p. IV.

보론

『페터 슐레밀』에 대한 네 개의 회화 작품의 비교

　『페터 슐레밀』은 동료 작가들뿐만 아니라 특히 회화 영역
의 예술가들에게도 상당한 흥미와 호기심을 불러일으킬 정
도로 상호 텍스트성의 힘을 지니고 있다. 지금까지 독일에
서 매번 새롭게 출간될 때마다, 그리고 여러 나라에서 각국
의 언어로 번역될 때마다 다채로운 그림이 표지를 장식하거
나 텍스트 내의 주요 장면에 대한 흥미로운 삽화가 함께 실
려왔다. 그 가운데 무엇보다도 슐레밀과 회색 옷 입은 남자
(악마) 간의 그림자 거래 장면이 회화적 형상화에서 가장 커
다란 관심을 불러일으켰는데, 여기서는 대표적인 네 가지
삽화를 서로 비교해보기로 하자.
　우선 첫 번째 작품으로는 세계적인 풍자 삽화가로 잘 알려

진 영국의 조지 크룩생크(George Cruikshank, 1792~1878)
가 1823년에 만든 동판화 작품을 들 수 있다.

조지 크룩생크(1823)

왼쪽 상단에 저 멀리 큰 건물이 보이고 오른쪽 중앙 상단
에는 저 멀리 산등성이가 보인다. 샤미소의 텍스트에서는

주변에 장미를 비롯한 크고 작은 나무가 있는 숲속 공터에서 계약이 체결되는데, 크룩섕크의 삽화는 그 점을 충실히 그려내고 있다. 이 삽화 장면의 특징은, 슐레밀이 이미 왼손에 마술 주머니를 쥐고 있으며 회색 옷 입은 남자는 그의 그림자를 걷어 올리고 있다는 점이다. 그런데 두 사람의 모습이 흥미롭다. 왼쪽의 슐레밀은 자신의 그림자를 어떻게 앗아가는지에 대해 약간 무관심한 듯 태연자약한 뒷모습을 보이고 있다. 물론 자세히 보면 뒤쪽을 향해 약간 곁눈질을 하고 있는 듯 보이기에 아주 무관심하지는 않은 듯싶다. 회색 옷 입은 남자의 모습은 매우 특이하다. 그의 손과 다리는 마치 거미의 팔다리처럼 매우 가늘어 보이며 사악하고 불길한 느낌을 자아낸다. 회색 옷 입은 남자도 그림자를 갖고 있는데, 그의 그림자와 그가 거두어들이는 슐레밀의 그림자가 서로 마주하는 점이 특이하다. 슐레밀과 회색 옷 입은 남자는 서로 마주하고 있지 않지만, 서로 마주한 두 그림자의 장면을 통해 계약의 원만한 체결과 실행이 암시되고 있다. 또한 가지 특이한 점은, 슐레밀의 뒷모습이 흰색과 어두운 색으로 각기 나뉘어 그려져 있다면, 다른 세 가지의 모습(슐레밀의 그림자, 회색 옷 입은 남자, 이 남자의 그림자)이 모두 검게 그려져 있는 것이다. 마지막으로 특이한 점은 회색 옷 입은 남자가 슐레밀의 그림자를 '다리'부터 걷어 올리는 것인데, 이는 사실 샤미소의 원 텍스트와는 어긋난 점이기도 하다. 샤미소의 텍스트에서는 다음과 같이 서술되어 있다.

> 그는 악수를 하고는 지체 없이 내 앞에 무릎을 꿇고 앉았다. 나는 그가 놀라운 솜씨로 머리에서 발끝까지 내 그림자를 풀밭에서 살짝 거둬들여 둘둘 말아 접어 몸 안에 집어넣는 것을 보았다. 다시 일어서서 그는 내게 공손히 인사를 건네고는 장미 숲을 향해 되돌아갔다. 그가 나직이 내뱉은 웃음소리를 나는 들었다. 그러나 나는 행운의 자루 끈을 꼭 쥐었다. 내 주변에는 햇빛이 빛나고 있었고, 나는 제정신을 잃었다.[1]

원 텍스트에서 그림자의 머리부터 걷어 올리는 행위와, 삽화에서 다리부터 걷어 올리는 행위 사이에는 뉘앙스의 차이가 있다. 크룩섕크는 다리부터 걷어 올리는 점을 부각시킴으로써 슐레밀로부터 그림자를 처음부터 단절시켜내는 효과를 불러일으키고 싶었을지도 모른다. 흔히 일반적인 관점에서 삽화는 텍스트의 보조 수단으로 여겨지지만, 눈에 띄지 않는 작은 부분에서도 삽화는 이미 스스로의 독자성을

---

1 이 책의 29쪽.

구축하고 있는 것이다.

독일 출신 화가이자 삽화가인 아돌프 멘첼(Adolph Menzel, 1815~1905)은 1839년 재출간된 샤미소의 텍스트 안에 열여섯 개의 삽화를 그려 넣었다. 그중 그림자 거래 장면은 비교적 텍스트에 충실하고자 했던 크룩섕크의 작품과 비교된다.

아돌프 멘첼(1839)

멘첼의 이 삽화는 최근 제작된 『페터 슐레밀』의 디지털 CD의 표지에도 사용되고 있다. 주택과 자연 등을 배경으로 넣었던 크룩생크의 작품과는 달리, 멘첼의 작품에서는 뒤편에 큰 건물의 얼개와 작은 덤불 모양만이 그려져 있을 뿐 주변은 텅 비어 있는 듯하다. 다만 주인공 슐레밀의 모습이 커다랗게 그려져 있다. 슐레밀 모습은 크룩생크의 작품에서와는 완전히 다르다. 슐레밀은 회색 옷 입은 남자가 자신의 그림자를 어떻게 걷어 올리는지를 정면에서 지켜보고 있는데, 이는 위에서 인용한 원 텍스트("나는 그가 놀라운 솜씨로 머리에서 발끝까지 내 그림자를 풀밭에서 살짝 거둬들여 둘둘 말아 접어서 몸 안에 집어넣는 것을 보았다")를 더욱 충실하게 형상화한 것처럼 보인다. 그러나 자세히 들여다보면, 회색 옷 입은 남자와 그림자를 응시하고 있는 모습은 아니다. 슐레밀은 거의 수직적이고 정적이고 무감각한 모습으로 자신의 앞을 바라보고 있는데, 마치 정면의 독자를 향해 있듯이 혹은 살짝 다른 쪽을 향해 있듯이 보인다. 그런 슐레밀의 수동적이고 무감각한 모습과 대조적으로 회색 옷 입은 남자, 땅바닥에 있는 그의 그림자, 그리고 완전히 슐레밀로부터 분리되어 이미 허공에 놓여 있는 슐레밀의 그림자 등은 모두 동적인 움직임을 띠고 있다. 그림자의 상실은 슐레밀에게 인간적 역동성의 상실을 뜻하는데, 그 역동성이 이

제 회색 옷 입은 남자, 그의 그림자, 슐레밀의 그림자에게로 옮겨진 듯한 상황이다. 허공에 있는 슐레밀의 그림자와 땅바닥에 있는 회색 옷 입은 남자의 그림자가 서로 반갑게 마주하는 모양도 멘첼의 매우 독창적인 기법이다.

에밀 프레토리우스(1907)

위의 세 번째 작품은 독일 화가이자 삽화가 에밀 프레토리우스(Emil Preetorius, 1883~1973)가 1907년에 작업한 삽화이다. 오른쪽 그림은 요즘 발간되는 작품들의 표지로 자주 사용되는데, 한 걸음에 7마일을 날아가는 장화를 신은 슐레밀의 모습이다. 왼쪽은 그림자 상실을 담은 삽화이다. 이 삽화에는 19세기의 자연 배경이 사라진 채 흰색의 건조한 바탕 배경에 단지 슐레밀과 회색 옷 입은 남자만이 그려져 있을 뿐이다. 슐레밀은 머리를 뒤로 돌린 채 회색 옷 입은 남자의 행동을 바라보고 있는데, 물론 놀라워하기보다는 무심코 바라보는 표정이다. 특이한 점은, 회색 옷 입은 남자의 모습 중 한쪽 다리와 엉덩이 부분이 그림 테두리 바깥에 있다는 것이다. 마치 누군가 다른 세계에서 침입하여 슐레밀의 그림자를 가져가는 듯한 인상을 불러일으킨다. 또 한 가지 특이한 점은, 앞서 분석된 두 그림과 달리 프레토리우스의 경우 슐레밀의 그림자는 사람의 모양을 완전히 잃은 채 거의 두루마리 천 조각 모양으로 절반 이상 말아진 상태다. 더더욱 특이한 점은 바닥에 가위가 놓여 있다는 것이다. 샤미소의 텍스트 내에서 전혀 언급되지 않았던 도구를 20세기의 삽화가는 임의적으로 그려 넣은 것이다. 가위는 그림자를 슐레밀의 몸에서 잘라내는 용도도 사용되었다고 추측할 수 있지만, 그림자가 과연 가위에 의해서 그렇게 본래의 실물로부터 잘려질 수 있는 것일까? 터무니없고 불가능한 일이지만, 그림자를 하나의 사물로, 그리고 그런 사물을 절단

하여 가져가는 회색 옷 입은 남자의 단호한 힘(즉 무감각하고 기계적인 '돈의 힘')을 다름 아닌 가위라는 물리적인 수단을 통해 표현해내고 있는 것으로 추측된다. 탈인간화되고 사물화된 현대 사회의 삭막한 풍경을 우회적으로 익살스럽게 보여주고 있는 셈이다.

이제 마지막으로 표현주의의 대표적인 화가 에른스트 루트비히 키르히너(Ernst Ludwig Kirchner, 1880~1938)의 작품을 들 수 있다. 사실 키르히너는 『페터 슐레밀』을 가장 애독했던 화가로 손꼽힌다. 샤미소 텍스트의 주요 장면과 관련하여 그는 몇 가지 색을 집어넣은 목판화를 남긴 바 있는데, 각기 〈표지〉〈그림자의 판매〉〈애인〉〈싸움〉〈고독한 방 안에서의 슐레밀〉〈길거리에서 회색 옷 입은 남자와의 만남〉〈자신의 그림자와의 재회〉라는 소제목을 달고 있는 총 일곱 개의 삽화들이다.[2] 여기서는 〈그림자의 판매〉(1915)를 살펴보기로 하자.

신경성, 무관심, 조급증 등 대도시적 환경과 인물의 모습에 부합하는 차원에서 주로 날카로운 사선으로 표현해내는

---

2 키르히너의 일곱 개 목판화에 대해서는 다음의 글을 참조할 것: Analyse der Illustrationen zu Peter Schlemihls wundersame Geschichte von Adelbert von Chamisso, in: http://theses.cz/id/tnf47y/65861-960202263.pdf.

에른스트 루트비히 키르히너(1915)

수법을 취했던 키르히너는 『페터 슐레밀』의 삽화와 관련해
서도 마찬가지로 그런 방식을 취하고 있다. 키르히너의 목
판화는 특이하다. 제목이 〈그림자의 판매〉임에도 불구하고
위에서 살펴본 세 작품들과는 달리 슐레밀과 회색 옷 입은
남자 간의 그림자 거래 장면이 선뜻 들어오지 않는다. 과거
의 다른 삽화가들이 거래 계약 이후의 장면, 즉 그림자를 건

어 올리는 "비실제적인 행위"를 담고 있다면, 키르히너는 거래 제안의 순간을 그려냄으로써 더욱 개연성 있게 실제적인 내용을 전하고 있다. 또한 이전 삽화가들이 사회(마을)와는 동떨어진 숲속 공터 같은 곳에서 행해진 그림자 거래 장면을 그려냈다면, 키르히너는 계약 제안을 도시 내에서 일어나는 한 장면처럼 그려내고 있다.[3]

왼쪽에 서 있는 이가 슐레밀로 추측되며, 그의 검은 그림자는 정면에 있는 회색 옷 입은 남자의 다리 밑에 검은색으로 진하게 드리워져 있다. 회색 옷 입은 남자는 전체적으로 회색을 띠고 있지만 얼굴, 손, 그리고 옷의 여기저기는 보랏빛을 띠고 있다. 회색 옷 입은 남자 뒤쪽에 두 명의 여성이 있는데, 그 여성들 간에도 차이를 읽을 수 있다. 앞쪽 여인은 빨간 양산을 들고 있고 그녀 옆의 여성은 그렇지 않다. 그 두 명의 여성 뒤에는 실린더 모양의 모자를 쓴 한 남자의 얼굴이 살짝 엿보인다. 굳이 텍스트와 연결하여 분석하자면 파니를 비롯한 여성들과 욘 씨로 추측될 수 있는데, 삽화 장면의 배경을 대도시라고 파악할 경우 거리의 여성들(매춘

---

3 Günther Gercken, Ernst Ludwig Kirchner, Peter Schlemihls wundersame Geschichte 1915, in: Magdalena M. Moeller / Günther Gercken(Hg.), Ernst Ludwig Kirchner, Peter Schlemihls wundersame Geschichte, München/London/New York 2014, p. 16.

부)과 그들 뒤편에 있는 남성(건달)으로 이해될 듯싶다. 혹은 텍스트에 충실할 경우, 앞의 양산 쓴 여인은 욘 씨 집에 있던 파니를 떠올리게 하며, 그녀의 옆의 여인은 슐레밀의 연인 미나를, 그리고 뒤에 있는 남성은 악한 라스칼을 떠올리게 한다.

슐레밀과 회색 옷 입은 남자 간의 거래 장면은 샤미소 텍스트와 어떤 관계를 맺고 있는 것일까? 그림 속 두 사람의 행동을 통해서만 설득력 있는 추론이 가능하다. 슐레밀은 모자를 벗고서 약간 퉁명스러운 표정으로 인사하는 듯이 보이며, 회색 옷 입은 남자는 왼손으로 자기 밑에 있는 슐레밀의 그림자를 가리키고 있다. 앞서 인용한 세 삽화가 모두 계약 체결과 함께 회색 옷 입은 남자가 슐레밀의 그림자를 걷어 올리는 순간을 중시하고 있다면, 키르히너의 경우 그보다 앞선 계약의 성사 장면 자체를 그려낸 것이다. 더욱이 계약을 성사시키는 순간의 행동이 매우 섬세하게 그려져 있는데, 한순간을 담아낸 그림의 장면에서도 원 텍스트를 가능한 한 충실히 담아내고자 했던 화가의 노력을 엿볼 수 있다. 샤미소 텍스트에서의 계약 성사 장면을 읽어보면, 키르히너의 회화적 내용도 쉽게 파악된다.

나는 다행히 장미 숲을 통해 언덕 아래로 슬며시 나왔고 이미 탁 트인 잔디밭에 나와 있었다. 길옆으로 잔디밭을 지나면서 나는 누군가에게 들키지 않을까 하는 공포심으로 주변을 살펴보았다. 그때 나는 회색 옷 입은 남자가 바로 내 뒤를 쫓아오고 있는 것을 보고는 상당히 놀랐다. 그는 즉시 내 앞에서 모자를 벗고는 머리 숙여 공손히 인사를 했다. 나는 지금까지 그런 인사를 받아본 적이 없었다. 정말이지 의심할 나위 없었다. 그는 내게 말을 건네고 싶어 했고, 나는 퉁명스럽지 않게 그렇게 하도록 했다. 나도 모자를 벗고는 마찬가지로 허리를 굽혔고, 땅에 박힌 듯 미동 없이 모자를 벗은 상태로 햇볕을 받은 채 서 있었다. 두려움이 가득한 마음으로 나는 마치 뱀에 쫓긴 한 마리의 새처럼 그를 말없이 쳐다보았다. 그 또한 매우 당황스러운 듯이 보였다. 그는 위로 올려다보지 못하고 여러 번 머리를 숙이고 가까이 다가와서는 살며시 불안한 목소리로 내게 말을 건넸다. 그것은 마치 구걸하는 거지의 목소리와도 같았다.

"아무 면식도 없는데 이런 식으로 댁을 뵙고자 한 저의 무례함을 용서해주시기 바랍니다. 사실은 한 가지 부탁이 있는데, 부디 제발 허락해주셨으면 합니다."

"제발 이러지 마십시오!" 나는 불안한 마음으로 말을 쏟았다. "저 같은 놈이 감히 무엇을 도와드릴 수 있을지요."

우리 둘은 서로 눈이 마주쳤고 둘 다 얼굴이 붉어졌다.

잠시 침묵이 흐른 후 그는 다시 말을 건넸다.

"저는 운 좋게도 아주 짧은 시간 동안 당신 옆에서 거닐 수 있었는데, 저는 몇 번씩이나—감히 이런 말을 드려도 괜찮을지 모르겠지만—정말 형용키 어려운 감탄하는 마음으로 당신의 아름다운, 너무나 아름다운 그림자를 관찰할 수 있었습니다. 당신 스스로는 그 점을 알고 계시지 못하겠지만, 빛나는 태양 아래서 당신은 고상하고 당당한 마음으로 아주 멋진 그림자를 자신의 발밑에 드리우고 계십니다. 제가 주제넘은 추측을 했다면 용서해주시기 바랍니다. 혹시 저에게 당신의 그림자를 넘겨주실 의향은 없으신지요?"

그러면서 그는 입을 다물었다. 순간 머릿속에 마치 물레바퀴가 돌아가는 듯한 기분이 들었다. 내게서 그림자를 사고 싶다는 이 기이한 부탁에 대해 나는 어떻게 해야 좋을까? 그는 분명 미친 게 틀림없다는 생각이 들었으며, 그의 공손한 자세에 어울리는 변화된 목소리로 나는 대답했다.[4]

요컨대, 키르히너의 작품은 뒤쫓아온 회색 옷 입은 남자가 슐레밀에게 모자를 벗으면서 공손하게 인사를 하고 그림

---

4 이 책의 25~26쪽.

자를 사고 싶다고 말하는 순간의 정황을 가능한 한 텍스트에 충실하게 담아내고 있다. 다만 키르히너의 삽화가 샤미소 텍스트로부터 살짝 비켜난 점은, 그림자 거래가 둘만이 있는 숲속의 공터에서 은밀히 행해지는 것이 아니라 도시 한가운데서, 더욱이 두 여인이 마치 뒤에서 지켜보는 듯한 상황에서 행해지고 있다는 것이다. 슐레밀(혹은 모든 현대인), 그리고 매춘부처럼 보이는 두 여인의 모습 등을 통해 키르히너는 대도시 도처에 존재하는 모든 이들의 욕망, 즉 경제적인 부를 얻기 위해 자신의 그림자까지도 선뜻 양도할 수 있는 욕망의 꿈틀거림을 과감하게 표출해내고자 했던 것으로 추측된다.

최문규

그림자를 판 사나이

초판 1쇄 발행 2002년 5월 15일
2판 1쇄 발행 2019년 3월 18일
3판 1쇄 인쇄 2024년 3월 15일
3판 1쇄 발행 2024년 3월 28일

지은이 아델베르트 폰 샤미소
옮긴이 최문규
펴낸이 정중모
펴낸곳 도서출판 열림원

출판등록 1980년 5월 19일(제406-2000-000204호)
주소 경기도 파주시 회동길 152
전화 031-955-0700
팩스 031-955-0661
홈페이지 www.yolimwon.com
이메일 editor@yolimwon.com

페이스북 /yolimwon
트위터 @yolimwon
인스타그램 @yolimwon

주간 김현정   책임편집 박지혜
편집 김민지 김혜원
디자인 강희철   표지 디자인 석윤이

마케팅 홍보 김선규 최은서 고다희
온라인사업 서명희
제작 관리 윤준수 고은정 구지영 홍수진

ISBN 979-11-7040-258-9 04800
ISBN 979-11-7040-193-3 (세트)